Das Buch

»Nichts mehr erledigt sich leicht, selbstverständlich und von ungefähr; alles bedarf langwieriger, umfänglicher Vorbereitungen.« Vilma Sturm, Jahrgang 1912, Journalistin, Katholikin und engagiertes Mitglied der Friedensbewegung, schildert schonungslos und ohne Pathos all die kleinen und großen Probleme, die das Alter so mit sich bringt. Aufmerksam beobachtet sie sich und ihre Altersgenossinnen in den verschiedensten Situationen: zu Hause, im Umgang mit den Enkelkindern, in der Öffentlichkeit, in ihrem Verhältnis zur Natur und in der Auseinandersetzung mit dem eigenen, hinfällig werdenden Körper. »Vilma Sturm überwindet die Ohnmacht des Alterns, das Wenigerwerden an Kraft durch Phantasie und Unternehmungslust«, schreibt Barbara Dreifert. »Sie findet immer wieder neue Ansätze, um dem Alter ein Schnippchen zu schlagen und es sogar in seiner Tragik zu verspotten . . .«

Die Autorin

Vilma Sturm, am 27. Oktober 1912 in Mönchengladbach geboren, studierte Sprachen und Philosophie. Nach zahlreichen Berufswechseln arbeitete sie als freie Journalistin und war Redakteurin beim ›Rheinischen Merkur‹ und bei der ›Frankfurter Allgemeinen Zeitung‹. Werke u.a.: ›Unterwegs‹ (1959), ›Meine lieben Flüsse‹ (1962), ›Aufenthalte‹ (1966), ›Nebenbei‹ (1972), ›Barfuß auf Asphalt‹ (1981), ›Mühsal mit dem Frieden‹ (1982).

Vilma Sturm:
Alte Tage

Deutscher
Taschenbuch
Verlag

Von Vilma Sturm
ist im Deutschen Taschenbuch Verlag erschienen:
Barfuß auf Asphalt (10404; auch als
dtv großdruck 25005)

Ungekürzte Ausgabe
September 1988
Deutscher Taschenbuch Verlag GmbH & Co.KG,
München
© 1986 Verlag Kiepenheuer & Witsch, Köln
ISBN 3-462-01737-3
Umschlaggestaltung: Celestino Piatti
Umschlagfoto: Vilma Sturm
Satz: Compusatz GmbH, München
Druck und Bindung: C.H. Beck'sche Buchdruckerei,
Nördlingen
Printed in Germany · ISBN 3-423-10944-0

Inhalt

In der Küche

Sie erwacht aus dem fadenscheinigen Schlummer, der ihr seit langem den Schlaf ersetzt, Dämmerung, von helleren Bewußtseinssträngen durchflochten. Wie so oft, hinterläßt der Traum leichte Benommenheit. Die Schauplätze ihrer Träume gleichen einander, haben immer ähnliche Szenerien: ein Weg, der ins Unwegsame führt; ein Weg, der von Wasser versperrt wird, von unversehens heranspülenden Fluten; ein Pfad, rechts die Felswand, links der Abgrund; eine Straße, die an steiler Treppe endet, und sie sitzt im Auto und kann weder vor noch zurück; allzu enge Öffnungen, in die sie sich hineinzwängen muß; versperrte Ein- und Ausgänge; Mauern und Zäune, da, wo es soeben noch begehbar erschien. Hindernisse, Hemmnisse, Widerstände, Verweigerungen, verstelltes Gelände, in dem sie, ortsfremd, herumirrt, in Ängsten, in Ängsten …
Vielleicht kommt das daher, daß sie während der letzten zwanzig Jahre viel unterwegs war, mit dem Auto, mit dem Fahrrad, zu Fuß, sich herumtrieb in fremden Gegenden, Wege suchen und finden mußte und oft ihre Not damit hatte. Aber daß sich solche Mühen so tief eingefressen haben im Unterbewußtsein, daß nun die Träume davon gespeist werden, das ist ihr verwunderlich. Und immer das Wasser: immer wieder das Becken in der Badeanstalt, das allmählich leerläuft, während sie schwimmen will, oder das schon ausgelaufen ist, wenn sie ankommt – das leere Becken, Enttäuschung, Enttäuschung, eine kuriose Chiffre hat da die träumende Tiefe

gefunden, hat ein banales Bild geschaffen für den schmerzlichen Sachverhalt.

Einige Träume betreffen auch die Verluste; den Verlust des Geliebten; den Verlust der Eltern. Alle drei kommen wieder im Traum, aber in einer gewissen Distanz und Reserviertheit. Sie nähern sich, lassen sich aber nicht greifen, nicht liebend in Besitz nehmen. Fast kommt es bis zur Umarmung – aber im allerletzten Augenblick wird diese verhindert, oder der Traum endet mit den vergeblich ausgestreckten Armen. Sie träumt nie von den Freunden, der Tochter, den Enkeln. Hingegen von fremden Kindern, die ihr anvertraut sind, die sie dann fallen läßt, so daß sie zerspringen wie Porzellan, die sie zu füttern vergißt, so daß sie trocknen wie Mumien, die sie irgendwo herumliegen läßt und die dann verlorengehen – eine unzuverlässige Wärterin ist sie im Traum, sie, die sich Zuverlässigkeit einbildet und Fürsorge und liebende Aufmerksamkeit.

Ein angenehmer Traum ist der von den wiedergefundenen Kleidern. Sie betritt ein Zimmer, im Zimmer steht ein großer Schrank, unverschlossen, sie öffnet ihn und findet ihn voll von Kleidern, die sie einmal trug als Kind, als junges Mädchen, als junge Frau. Sie probiert sie an, eins nach dem anderen, sie passen ihr oder können passend gemacht werden mit geringfügigen Änderungen. Der Traum entspricht ihrer Sehnsucht nach vielen schönen Kleidern und zugleich der Hemmung, Geld für Kleider auszugeben, Kleider, die nichts kosten, machen sie glücklich.

***

Sie erhebt sich mit schmerzendem Rücken, schlüpft in die ausgetretenen Pantoffeln und wankt ins Bad. Die ersten Schritte nach dem Aufwachen sind ungelenk wie die eines Kindes, das gehen lernt – schaukelnd von einem Bein auf das andere. Oft sind die Schmerzen stark, im Knie, im Rücken; der Rücken zumal will sich nicht so schnell bequemen aus der Schlaflage in die Senkrechte. Es dauert eine Weile, bis sich das alles zusammengerüttelt hat, Knochen und Muskeln und Sehnen, es paßt ja nicht mehr gut ineinander, hat sich verzogen, altes Gebälk, in dem es kracht.

Vom Bad in die Küche, zum Gasherd, wo sie, in abgemessener Menge, das Kaffeewasser aufsetzt. Sie frühstückt so, wie sie aus dem Bett kommt, je nach der Jahreszeit angezogen, im dünnen Nachthemd im Sommer, im warmen Morgenrock im Winter. Die Küche ist ungeheizt. Auf der weißen Tischplatte eine braune Tasse, womöglich vom Vortag stehengeblieben. Gelegentlich stellt sie auch Teller und Untertasse hin, aber warum denn die Umstände? Von Zeit zu Zeit denkt sie an den Ersatz dieser Keramik mit den abgestoßenen Ecken, an den Erwerb eines neuen, heilen Geschirrs, und niemand würde es ihr verdenken, wenn sie sich das gönnte. Aber sie meint, wie bei allem, daß es sich nicht mehr lohnt für die paar Jahre, und wohin mit dem alten Steinzeug? Sie brächte es doch nicht über sich, es zum Abfall zu werfen, brauchbar ist es ja noch, nur eben nicht mehr ansehnlich. Schließlich läßt sie es also, auch vom beschädigten Teller schmeckt ihr das Brot ungeheuer, seit dem vergangenen Abend schon hat sie sich kindisch darauf gefreut.

Brot und Butter, gelegentlich auch etwas Käse oder

Marmelade, eine Pille vorher, zwei Pillen nachher, während des Frühstücks die Zeitung. Gierig kaut sie die beiden Schnitten, die sie sich zugesteht wegen der Zukkerkrankheit, drei, vier würde sie gerne essen, auch ein Ei und Wurst und Quark und Cornflakes mit Milch und Obst und süße Kekse – Bilder von Breughelschen Ausmaßen erscheinen bei diesen Wünschen in der Küche, wo sie hinter ihrem Stuhl Gasherd und Spüle hat, vor sich die gehäuften, gestapelten Papiere eines wohl nie mehr zustandekommenden Archivs, links den Eisschrank, rechts das Fenster zum Hof und zum Hinterhaus, von dort dringt Geschirrgeklapper herein, das Gekeife der Nachbarin und Musik aus dem Lautsprecher, das Rauschen von Wasserspülung und Staubsauger, Taubengestöhn... Wenn sie fertig ist, räumt sie nichts weg, läßt liederlich alles liegen, geht auch nicht immer gleich ins Bad. Im Grunde mag sie das Badezimmer nicht, schiebt die Berührung mit dem Wasser hinaus. Wenn sie daran denkt, daß sie als junges Mädchen jeden Morgen unter die kalte Dusche ging, schaudert es sie. Was hat sie gegen das Wasser, sie, die früher in jedes Gewässer stieg, das am Wege lag, was hat sie gegen das Wasser, kalt oder warm?

In Gedanken ist sie stets bereit, das Wasser, mag es tausendmal verdorben sein, zu preisen, reines, heiliges Geschöpf, wie die Osterliturgie sagt, Geschöpf aus erster Hand, Mutter allen Lebens. Aber ihre Haut verlangt nicht mehr nach Wasser, eher nach Öl. Hände voll Öl gießt sie sich über die trockenen Beine, die trockenen Arme, auf die Hände, die mit braunen Flekken jeder Größe giraffenartig gemustert sind, zwischen den Flecken die dicken, blaugrünen Stränge der Blutgefäße – als ob Öl den scheußlichen Anblick mildern könnte; den Anblick auch der krummgewordenen Finger mit einer Verdickung am Gelenk des mittleren, ein Schreibewulst, gottlob nicht rheumatischer Natur. Diese Hand, das ist eine der Abscheulichkeiten ihres ihr fremdgewordenen Körpers, wie die zu Hämmerchen gebogenen Zehen, die Speckwülste an Bauch und Magen, die Brüste, flache Brotlaibe, das muskellose Fleisch an der Innenseite der oberen Schenkel, der Oberarme. Stetig hat dieser Körper an Masse zugenommen, der Kampf mit seiner Masse ist so aufreibend wie vergeblich, letzten Endes.

Da ringt sie ihm das eine oder andere Kilo ab – mit Hilfe von »Atkins« und »Brigitte« und den »Weight-Watchers«, mit ärztlich überwachter Kaloriendiät oder Fastentagen – aber alles bringt nur vorübergehende Erfolge. Diese Masse schwillt, übersteigt die sechzig-, die siebzig Kilo-Marke – so zeigt es die Waage, die sie jeden Morgen schaudernd betritt.

Noch vor zehn Jahren hatte sie Energie genug, ihr Essen einzuschränken, sie aß viel Gemüse (ohne Fett) und Salat (mit wenig Öl), mageres Fleisch und Obst. Sie hatte sich am Zügel, straff, mit fester Hand. Nun sind die Zügel ausgeleiert, hängen durch, meist läßt sie es laufen, wie es läuft, verabscheut sich deswegen, faßt heute Vorsätze, die sie morgen schon wieder über den Haufen wirft, schwach und anfällig gegenüber dem ungeheuren, nimmersatten Bedürfnis nach Essen. Natürlich kennt sie die einschlägigen Theorien über die Ursache der Eßlust, mit der der alternde Mensch Mangelempfinden auszugleichen sucht: vor allem das Bedürfnis nach der anderen Haut, nach Liebesworten und Zärtlichkeiten, Küssen, Umarmungen, dem Versinken im Abgrund. Diese Haut wird nicht mehr gemocht. Von keinem Mann, nicht von der Tochter, nicht von den Enkeln. Die Enkel meiden diese Haut, offensichtlich sind ihnen Berührungen unangenehm. Ganz selten kommt es vor, daß der Kleine im Eifer des Gesprächs ihre Hand berührt, dann spürt sie so etwas wie Glückseligkeit. Im übrigen aber tut sich die verschmähte Haut selbst Gutes an, ersetzt den Liebhaber durch Gulasch und Sahnequark, und der Bauch wächst kapaunenhaft wie der eines Landpfarrers, dem es Küche und Keller reichlich bieten.

***

Nicht, daß sie sich den Versuchungen wehrlos überließe. Sie trifft ihre Maßnahmen. Keine Vorräte. Kein Wein im Keller, kein Sherry, kein Wermut, kein Cognac, weder Whisky noch Gin. Der Eisschrank nahezu leer, ewige Verlegenheit, wenn ein plötzlicher Gast kommt: nichts zum Anbieten. Mindestens einmal am Tag kauft sie ein, manchmal mittags, und abends noch einmal, um nur ja nicht mehr im Hause zu haben als das, was sie sofort verzehrt.

Das Einkaufen: eine Art Spießrutenlauf. Sie hat ihren Zettel mit dem Notwendigen, ist fest entschlossen, nichts darüber hinaus zu besorgen. Drei, vier Läden – die Bäckerei, das Fischgeschäft, das Reformhaus besteht sie, wenn auch nicht unangefochten, doch erfolgreich. Aber schließlich erliegt sie einem der ausgelegten Angebote: eine Scheibe Leberwurst, ein Stück

Holländer Käse – und weiß im selben Augenblick, daß sie das nicht hätte tun sollen. Wieder einmal hat sie verloren, eins zu null für die Gaumenlust, schmählich. So dreht es sich täglich, das Karussell mit Verlangen, Verzicht, Erfüllung und Reue, selten ist ihr der volle Genuß gewährt, denn was sie darf, schmeckt ihr nicht sonderlich, und was ihr schmeckt, darf sie nicht oder wenn, dann nur in geringer Menge.

Man könnte sie mit einem Achselzucken auf sich beruhen lassen, diese diätetischen Sorgen einer betagten Rentnerin im Überflußland. Nein, man könnte es nicht, man muß sich ärgern und zornig werden über solche Un-Probleme in einer Welt, in der täglich vierzigtausend Kinder Hungers sterben. Das Vertrackte ist nur: Sie selbst kennt ja die Zahl und führt sie im Mund, auch ist die Zahl in ihrem Kopf und in ihrem Herzen, die Zahl ist das erste beim Aufwachen, das letzte beim Einschlafen gegenüber dem Bild des alten Campesinos, unter dessen Gestalt sie Gott findet, den Gott der Armen und Unterdrückten, den wahren und einzigen. Sie kennt die Zahl und hört trotzdem nicht auf, ihre verdammten vier Mahlzeiten täglich wichtig zu nehmen und ihre Gedanken mit der Auswahl von Speisen zu beschäftigen. Wie andere auf den Hund, so ist sie aufs Essen gekommen!

***

Ein weiterer Feldzug, den sie gegen sich selbst zu führen hat, betrifft die Putzsucht – sie weiß kein besseres als dieses Wort aus dem Kleinen Katechismus. Immer noch ist ihr daran gelegen, sich gefällig anzuziehen, mit hübscher Wäsche, hübschen Kleidern, sie füllen in beträchtlicher Anzahl den Schrank, ständiger Anlaß zu Schuldgefühlen, da zu dem einfachen Leben, das sie ja anstrebt, einige wenige Stücke genügen würden. Sie vertut, nach ihrer Meinung, viel zuviel Zeit und viel zuviel Geld, bis sie eine Garderobe gefunden hat, die ihr angemessen erscheint, nicht damenhaft, nein, das nicht mehr, auch nicht mehr sportlich, vielmehr lange beschwingte Röcke, weite Pullover und Blusen mit folkloristischer Note. Die Auswahl ist leider nur gering in ihrer Größe. Bei aller Sorgfalt gelingt es nicht immer, Fehlkäufe zum allzu Jugendlichen hin zu vermeiden, das unterläuft ihr des öfteren, knapp daß es ihr gelingt, Jeans und T-Shirts aus dem Wege zu gehen.

Ein genaues Gefühl zu entwickeln von dem, was dem Alter ansteht, ist schwer – nicht nur, was die Kleidung betrifft. So läuft sie etwa über die Straße, zum Bäcker, auf der Mitte des Weges innehaltend mit der Frage, wie komisch es sein mag, eine beleibte Siebzigjährige laufen zu sehen. Spricht sie zu lebhaft, lacht sie zu laut, breitet sie zu überschwenglich die Arme aus, wenn sie die Freunde begrüßt? Benutzt sie allzu oft die gängigen, übertriebenen Ausdrücke, findet allzu vieles »toll«, ganz wie die jungen Leute? Ihre Beine ohne Strümpfe, ihre Füße in Stoffschuhen, ihr Kapuzenmantel – sind die anstößig?

Ihr Bewußtsein von sich selbst ist das einer Vierzigerin, ständig muß sie sich in acht nehmen, daß dies nicht publik wird, muß sich korrigieren, weil sie die Diskrepanz zwischen Alter, Erscheinungsbild und Auftreten lächerlich findet, dieser Lächerlichkeit nicht anheimfallen möchte. Sie fragt sich, ob sie es sich erlauben darf, mit dem Enkel Fußball zu spielen.

So fühlt sie sich verpflichtet, viele ihrer spontanen Lebensäußerungen einer Kontrolle zu unterwerfen, sich zu spalten in eine agierende und eine protokollierende Person, sich selbst gegenüber auf der Hut, vorsichtig, unsicher, wie dies Produkt aus Mißtrauen und Angst wohl ankommt bei den anderen. Gleichzeitig weiß sie, daß es albern ist, wenn sie sich über ihr Auftreten als alte Frau so viele Gedanken macht. Sie redet – mit Überzeugung und glaubt es sich selbst – vom krisenhaften Zustand der Welt, von drohender Zerstörung des Planeten, von Hunger und Folter und von der Bombe, sie liest darüber täglich und schreibt selbst viele Seiten voll Beiträge für Bücher und Zeitschriften, Vorträge, Reden – und gleichzeitig steht sie vor dem Spiegel und mustert sich und probiert verschiedene Kleidungsstücke für eine bestimmte Gelegenheit, wählt und verwirft und wechselt, als hinge ein Schicksal ab von der richtigen Wahl.

Unbekümmert um sich selbst – wie gern wäre sie das! Nicht nur um der Lilie auf dem Feld und den Vögeln des Himmels zu gleichen auf höheres Geheiß, sondern weil ihr Unbekümmertheit soviel liebenswürdiger erscheint als die Inszenierung, die sie, besonders vor öffentlichen Auftritten, mit sich vornimmt, aber auch bei alltäglichen Anlässen, da, wo sie früher nur nach dem Wetter gefragt hätte.

***

Als deutlichstes Zeichen des Alters erscheint ihr die zunehmende Masse, die Schwere, die Trägheit hervorruft. Man sagt, sie sei fleißig gewesen ihr Leben lang und habe allerhand vor sich gebracht, auch wenn ihr das Schreiben nie rasch von der Hand ging. Immer spärlicher fließen nun die Zeilen, tröpfeln die Worte dahin, knirscht es im Getriebe der Gedankenarbeit. Die Bilder stellen sich nur widerwillig ein, es fehlt ihnen an Glanz und Fülle, sie leuchten nicht mehr. Trockenheit hat sich ausgebreitet, nicht nur auf der Haut, auch am Schreibtisch.

War sie nicht eine rasche Person, mit schnellem Gang und schneller Schrift, mit fixen Verrichtungen, früh auf und spät zu Bett, voller Lust auf Unternehmungen, gespannt auf Unbekanntes? Nun gut, noch drehen sich die Räder, aber langsam; noch ist sie unterwegs, aber widerwillig, oft seufzend; immer häufiger schielt sie zum bequemen Platz im Sessel. Fünfzig Jahre lang gab es keine Sonnwendnacht, die sie schlafend im Bett verbracht hätte. Die kürzeste Nacht mußte begangen werden, wenn nicht beim Feuer (das war lange vorbei), so doch im Freien. Am Scheitel des Jahres war innezuhalten, ehe das Riesenrad sich wieder abwärts drehte, dem Winterdunkel zu. Noch immer ist ihr der Tag von Bedeutung, von Jahr zu Jahr glückseliger die Erfahrung des zunehmenden und schmerzlicher die Erfahrung des abnehmenden Lichtes. Aber jetzt geht sie am 24. Juni zu Bett.

Sie wird schwer, sie wird träge.

Die tausenderlei Unterhaltungen, die die Städte bieten, locken sie kaum noch vor die Tür. Nur selten besucht sie die Freunde, die weit verstreut in verschiedenen

Stadtteilen wohnen, lädt sich auch keine Gäste mehr ein; es ist ihr zu mühselig, die heute übliche Bewirtung zu beschaffen. Wenn sie abends fort muß zu einem Vortrag, zu einer Diskussion, dann spürt sie den ganzen Tag einen Druck auf dem Magen. Nichts mehr erledigt sich leicht, selbstverständlich und von ungefähr; alles bedarf langwieriger, umfänglicher Vorbereitungen.

***

Die Lust an der Ferne versiegt. Das Rentnervergnügen an ausgedehnten Reisen wird ihr unbegreiflich, mehr und mehr. Die Fremde schreckt sie, jagt ihr Furcht ein. Die Fremde, in der sie sich als junger Mensch so wohl einzurichten wußte, Schlaf findend in den verschiedensten Betten, Mahlzeiten teilend mit Polen und Marokkanern, mit Isländern und Türken, Iren und Ägyptern. Diese Fremde erscheint ihr jetzt mehr und mehr als Bedrohung, der sie sich nicht gewachsen fühlt. Sie spürt, wie wichtig ihr die vertrauten Räume werden, der Raum der eigenen Sprache, die heimatliche Landschaft. Nirgends ist sie lieber unterwegs als da, wo sie wohnt, zwischen Köln und Bonn, auf der Ville, im Kottenforst. Diese Landschaft ist ihr vertraut seit Kinderzeiten. Hier hat sie keine Mühe, sich zurechtzufinden, während überall anders leicht die Orientierung verlorengeht, ob sie nun mit dem Auto oder zu Fuß unterwegs ist. Die Ungewißheit, mit der sie sich in den städtischen oder ländlichen Bereichen bewegt, nimmt zu. Schon kann es geschehen, daß sie in einem Quartier ihrer eigenen Stadt die Richtung verliert und nach kurzem nicht mehr weiß, wo sie sich befindet. So erging es dem Großvater, so erging es dem Vater, unbequemes, beängstigendes Erbe.

Seit langem vertraute Straßen werden zum unheimlichen Gebiet bei Dunkelheit, besonders solche, die eigentlich nur von Autos befahren, von Fußgängern kaum begangen werden. Bewegte sie sich anfangs sicher fort, wird ihr dann auf einmal die Richtung nicht mehr geheuer, sie findet keine Anhaltspunkte mehr, die weiteren Schritte daran zu knüpfen. Alles sieht anders aus als erwartet, je länger sie geht, desto mehr geht sie in die Irre, sie erkennt nicht wieder, was sie kennen müßte, das Bildgedächtnis ist zerstört. Sie erinnert sich daran, wie es war, wenn sie mit dem Vater spazierenfuhr. In Gegenden, die sie des öfteren aufgesucht hatten, geriet er außer sich vor Staunen über unbekannte Anblicke, kein Eindruck vom letzten Besuch war in ihm haftengeblieben, alles war neu, nie gesehen. Diesem Zustand nähert sie sich mit beängstigender Schnelligkeit.

Obwohl das lästig ist – nichts will es besagen angesichts der Schwierigkeiten, die es bereitet, Gesichter nicht wiederzuerkennen. Auch hier hat sich ein Prozeß entwickelt, der bald an einem unerträglichen Ende angelangt ist – sie sieht den Tag nahe, wo sie sich nicht mehr unter die Leute traut. Schon jetzt ergeben sich die peinlichsten Situationen: frohes Wiedererkennen in den Augen jenes Menschen, der mit dem Glas in der Hand auf sie zukommt, eine vertraulich ausgestreckte Hand, eine freundliche Frage nach dem Befinden, die unausgesprochene Gewißheit, daß er erkannt wurde – sie aber ahnt nicht, wer es ist. Bestenfalls vermutet sie, das Gesicht schon einmal, vielleicht vorige Woche, gesehen zu haben, sie sucht nach Anhaltspunkten in den Zügen des Gegenübers, findet aber keine, tappt im Dunkeln, müht sich, aus den ausgesprochenen Worten Hinweise auf die Person zu gewinnen, gelangt in die falsche Richtung, macht einen neuen Vorstoß – das Gesicht bleibt unbekannt. Um sich nicht zu verraten, läßt sie es bei vagen, nichtssagenden Äußerungen bewenden, die auf jeden passen.

Als die Störungen anfingen, sich bemerkbar zu machen, glaubte sie sich schuldig, glaubte, es läge daran, daß sie die Menschen nicht aufmerksam genug ansähe, sie nicht wichtig genug nähme, durch sie hindurchblickte in Gleichgültigkeit. Aber seit kurzem weiß sie, daß sie unschuldig ist. Das Bildgedächtnis hat ein eigenes Zentrum im Gehirn, es kann ausfallen, ohne daß andere Partien vom Versagen betroffen wären, es ist erblindet, wie ein Auge erblinden kann. Das ist ihr zugestoßen – ein Unfall – aber das ändert wenig an der Peinlichkeit des Versagens...

***

Von den drei starken Bedürfnissen, die sie ihr Leben lang gequält haben, viel zu essen, sich schön anzuziehen und sich schön einzurichten, ist nur das letzte endlich still geworden. Als sie, nach neun möblierten Zimmern und sieben Wohnungen, die sie mit den Eltern teilte, endlich eigene Räume besaß, und auch ein wenig Geld, da hatte es an Ehrgeiz nicht gefehlt, sie auszustatten mit Möbeln aus dem ersten Haus am Platze, mit Gardinen und Teppichen, mit Bildern und Keramik sich einzurichten und damit ihre Art, sich in Gegenständen darzustellen, sichtbar zu machen. Es war nicht so recht gelungen, blieb immer Stückwerk, erreichte nur einen geringen Grad von Übereinstimmung mit ihr selbst. Der Elan, vom Vater überkommen, ein besonderes Arrangement zustande zu bringen, erlahmte; zu Austausch und Ersatz dieses oder jenes unliebsamen Stükkes konnte sie sich nicht entschließen. So gab sie dem Bedürfnis nach »Schöner Wohnen« den Abschied. Es schmerzt nicht mehr. Auch der Ehrgeiz, mit allem versehen zu sein, was eine gute Hausfrau in Schränken und Schüben bereithält, starb und verdorrte; mittlerweile ist sie so weit, daß es ihr nichts ausmacht, das volle halbe Dutzend, dies überkommene Soll, an Tellern, Gläsern und Bestecken, nicht mehr auf den Tisch bringen zu können. Jemand hatte den klugen Ausspruch getan: »Wer über fünfzig ist, kauft nichts mehr zum Setzen, Stellen, Legen« – den hat sie sich hinter die Ohren geschrieben. Sie kauft nicht nur nichts dergleichen – sie verschenkt auch von dem, was sie besitzt. Besitz von Dingen, vormals, wenn auch mit Maßen, erstrebt, fängt an, eine Last zu werden. Die Dinge müßten gepflegt, das Holz müßte poliert, das Silber- und Kupferzeug geputzt, Gläser und Porzellan gespült, Teppiche und Polster müßten gereinigt werden. Sie hat niemanden, der ihr dabei hilft, ihre Lebensweise ist zu ungebunden, als daß sich ein Putztag einrichten ließe. Sie will an den Putz weder Geld noch Zeit wenden, nur eben das Notwendigste machen – hin und wieder. Oft bleibt das Bett ungelüftet, abends am Kissen zu rütteln, das Betttuch glattzustreichen, ehe sie sich hinlegt, das genügt ihr. Das Geschirr bleibt tagelang ungespült, selten, daß sie Staub wischt, die Fenster putzt, die Teppiche saugt. Hat sie das getan, gefällt es ihr sehr, es ist nicht so, daß sie sich wohlfühlte in Schmutz und Unordnung. Sauberkeit aber und Ordnung herzustellen, erscheint ihr jetzt zweit- bis drittrangig, und sie bildet sich ein, Wichtigeres zu tun zu haben.

Außerdem haben die Dinge, von denen sie umgeben ist, unter der Hand einen feindlichen Charakter angenommen, Kobolde, die es sich angelegen sein lassen, sie zu ärgern. Soll sie es zählen, wie oft am Tag sie, von einem Raum in den anderen geht, wegen dieser oder jener Verrichtung, hin und her zwischen Schreibtischen und Telefon und Küche und Bad, einen Gegenstand in der Hand, ein Buch, ein Papier, einen Stift, ein Taschentuch, ein Stück Brot… Sie legt in Gedanken den Gegenstand ab und weiß im selben Augenblick nicht mehr wo, findet ihn nicht trotz angestrengten Hinsehens. Sie wiederholt den Gang von einem Zimmer ins andere, einmal, zweimal, weiß inzwischen nicht mehr, wo sie schon gesucht hat – dann liegt das Ding vor ihrer Nase!

***

Die ehemals so willfährigen, anstelligen Gliedmaßen kündigen den Dienst auf. Am widerspenstigsten verhalten sich die Finger. Ihre Spitzen, früher geläufig auf und ab gleitend auf den Tasten des Klaviers, der Schreibmaschine, sind jetzt blind und taub und fühllos, taugen zu kniffligen Verrichtungen nicht mehr. Du willst einen Faden einfädeln ins Öhr. Ungeduldig hast du ihn abgerissen von der Rolle, keine Schere zur Hand. So hat er kein glattes Ende, eine haarfeine Faser vom Zwirn steht vor; du kannst das Ende anfeuchten, wie du willst, es biegt sich kraftlos vor der winzigen Öffnung der Nadel, will nicht hineinschlüpfen oder schlüpft, um einen halben Millimeter drinnen, wieder nach draußen. Du holst dann doch eine Schere, schneidest die Faser ab, die Schnittstelle ist glatt, läßt sich, nach einigen vergeblichen Anläufen, einschieben und durchziehen ans andere Ende.

Du kannst also jetzt den Knopf annähen. Du machst einen Knoten ins Garn, legst den Knopf auf die gehörige Stelle, stichst von der Rückseite her blind ins Gewebe, auf gut Glück versuchst du, eines der zwei (oder vier) Löcher zu finden, triffst auf Widerstand, versuchst es einen Millimeter nebenan wieder, nochmals und nochmals, dann erreichst du das angezielte Loch, kannst nun von oben ins nächste Loch stecken, glaubst, die Sache in Gang gebracht zu haben – da entdeckst du, daß sich auf völlig unerklärliche Weise der Faden um den Rand des Knopfes geschlungen hat – so kannst du nicht weiternähen. Du mußt den Faden aus der Nadel ziehen, aus den Löchern des Knopfes, von vorn wieder anfangen, und nichts bewahrt dich davor, daß nicht ein zweites Mal der Faden sich selbständig macht und, statt im Wechsel von waagrechten und senkrechten Stichen den Knopf zu befestigen, ausschert und ihn im seitlichen Bogen umgarnt.

Du willst einen Schlüssel dem Schlüsselbund einfügen (oder entnehmen) – diesem merkwürdigen Ring aus einem doppelt geführten, geriffelten Metallband, dessen Enden dort, wo es zu sich selbst zurückkehrt, sich

nach außen biegen lassen, so daß ein Schlüssel durchzu-
schieben wäre mit seinem runden, durchlöcherten
Griff, wenn – ja, wenn es den ungeschickten Fingern
gelänge, das Doppelband zu spreizen, so daß der
Schlüsselgriff Einlaß (oder Ausgang) findet. Du brichst
dir einen Nagel ab beim ersten Versuch oder beim
zweiten oder dritten, bis du Schlüssel und Ring ineinander (oder auseinander) gezwungen hast.

Du willst einen Knoten auflösen (in der Kordel, in der
Schnur, im Schuhriemen, im Garn, im Seil, in der
Leine, in der Kette, im Gummiband). Du wägst mit den
Augen ab, an welcher Stelle er wohl am besten zugänglich wäre, und versuchst ein Ende herauszuzupfen aus
dem vielfach ineinandergewundenen Gebilde, womit
das Einlinige sich ins Dreidimensionale eingelassen hat.
Früher gehörte nichts als Geduld dazu, in den zusam-
mengeschlungenen Wulst einzudringen, hier und da die
festen Schlingen zu lockern in abwechselnder Folge.
Eine hier, eine da, eine dort, und dann wieder von
vorne. Heute versagen immer häufiger, trotz aller
Geduld, die Finger, zerren fest, was sie lösen wollten,
oder können gar nicht erst eindringen in das labyrinthi-
sche Nest. Dann muß die Stricknadel zu Hife genommen werden oder – man darf es kaum laut sagen – eine
Gabel.

Geradezu widerwärtig ist der Umgang mit dem Klebe-
band. Zu geizig, jene Vorrichtung zu erstehen, bei der
das Band über einen mit Zähnen versehenen Bügel
geführt wird, der ein leichtes Abtrennen in gewünschter
Länge ermöglicht, plagst du dich mit dem widerspensti-
gen Leimstreifen, der, hat man ein Ende abgeschnitten,
sofort auf die Rolle zurückgleitet und dort mit einer

Impertinenz sondergleichen kleben bleibt. Die Schnittstelle will sich nicht wiederfinden lassen, sie ist so gut wie nicht zu erkennen. Du gehst mit dem Daumennagel über die Rolle, glaubst, die haarfeine Naht zu finden, die das Ende vom Ganzen trennt, triffst es aber selten. Gelingt es, ein Stück Klebestreifen zwischen Nagel und Fingerkuppe zu bekommen, und du fängst an zu ziehen, dann ensteht an der Kante ein klebriges Gefitzel, das sich nicht greifen läßt, höchstens teilweise. Nur einen Randstreifen hältst du in den Fingern, ziehst du daran, bleibt ein Mittelstück stehen, zerfisselt, zerfasert, zerfranst, bekommst du kein Ende herunter, was seinen Zweck erfüllte.

Du willst einen Nagel einklopfen, um ein Bild aufzuhängen. Erstaunlicherweise findet du Hammer und Nägel an ihrem Platz, ein passender Nagel ist auch auszumachen im Kasten. Du hältst das Bild an die Wand, dein Augenmaß läßt dich ungefähr den richtigen Platz finden. Du schiebst den Nagel durch die Öse am oberen Bildrand und markierst mit leichtem Druck an der Wand die Stelle, wo er eingeschlagen werden soll. Dann hebst du das Bild vom Nagel; der Nagel fällt, und zwar hinter die Truhe, über der das Bild hängen soll. Du legst dich auf den Boden vor der Truhe und ruderst mit den Händen in dem Gemenge von Staubflocken, Sand, Brotkrumen, Glassplittern, Heftzwecken unter der Truhe, wo du lange nicht geputzt hast. Du findest den Nagel, hältst ihn nach oben und suchst die Markierung, die Druckstelle von vorhin; du findest sie nicht mehr. Erneut hebst du das Bild an die Wand, drückst den Nagel ein, entfernst Bild und Nagel, um den Hammer zu nehmen. Da fällt das Bild, fällt hinter die Truhe. Wenn das Glas nicht zerbrochen ist (und ein zerbrochenes Bild bedeutet eine Fahrt in die Stadt, um einen neuen Bildträger zu kaufen), machst du dich aufs neue ans Werk mit dem Hammer. Aber obwohl du den Nagel mit leichtem Druck der Finger der linken Hand gerade zu führen trachtest, fährt er krumm in die Wand; jetzt mußt du die Zange holen und einen neuen Nagel, und es kann dir passieren, daß auch dieser sich krümmt... Dann legst du Bild, Hammer, Zange, Nagel beiseite und läßt die Sache erst einmal auf sich beruhen.

Besonders unwillig sind die Finger, wenn es gilt, eine Stecknadel herauszuklauben aus einem Haufen Stecknadeln, ein Fünfpfennigstück aus einem Haufen von Münzen, eine Heftklammer aus einem Haufen Heftklammern. Gern haben diese sich ja zu Ketten, zu kürzeren und längeren Gewinden zusammengeschlossen; wenn es gilt, einen Rock aus dem Schrank zu nehmen, wo er auf einem Bügel unter einem anderen Rock hängt, so daß die verschiedenen Schlaufen sich miteinander verheddert haben. Für alle diese Verrichtungen brauchen die Finger die doppelte und dreifache Zeit wie ehedem, auf rätselhafte Weise entgleiten ihnen die Sachen, Papier, Bestecke, Glas und Porzellan. Du meinst, du seist achtsam, behutsam, vorsichtig, überstürztest keine Hantierung – und schon liegt die Flasche am Boden, hältst du das Weinglas zerplittert in der Hand, zeigt der Tellerrand eine tiefe Zacke...

Oder sie will ein Paket packen. Nach Polen. Von Monat zu Monat vergißt sie, was es enthalten soll. Ehe sie den Zeitungsausschnitt sucht, in dem die am meisten gebrauchten Waren verzeichnet stehen, ruft sie den Pater Jozef im Krankenhaus an, der ihr auch die Korrespondenz übersetzt, und läßt sich von ihm noch einmal beraten. Dann sucht sie unter den vorhandenen Kartons einen aus, der ihr passend erscheint, und geht damit zum Laden auf der Ecke, sortiert die eingekauften Päckchen, Tüten, Dosen, Büchsen sofort in den Karton, füllt die Lücken mit Gewürzen, Puddingpulver und Schokolade. Das macht keine Schwierigkeiten im Fall eines Paketes; schickt sie ein Päckchen oder zwei (wegen des geringeren Portos), dann ist es ein Puzzlespiel, mit möglichst vielen wertvollen Nahrungsmitteln unterhalb der statthaften Gewichtsgrenze zu bleiben. Das erfordert immer neues Hin- und Herschieben, Austausch von Ölsardinen und Kaffee, Gries und Marzipan, Fett und Kakao in den verschiedensten Kombinationen, bis es endlich stimmt. Hat sie vergessen, das Gewicht des Packpapiers und der Kordel bei ihrer Berechnung auszusparen, muß sie unter Umständen das mühevoll hergestellte Arrangement wieder zerstören wegen zehn Gramm Übergewicht!

Nun die Anschrift: Taddäus Brzeski in Brzesko – aber die Straße! Noch immer weiß sie den halsbrecherischen Namen nicht auswendig, kramt nach dem Absender in dem Wust von Briefen auf ihrem Schreibtisch, durchblättert den Haufen unerledigter Post, findet sie endlich. Dann schreibt sie die Adresse auf ein leeres weißes Blatt, sucht den Leim, um das Blatt auf den Karton zu kleben, der Leim ist alle. Sie besorgt einen Klebestift, wobei es ihr nicht gelingt, die Marke vom letzten Mal, die bessere, die sie gerne gehabt hätte, wiederzubekommen. Sie klebt die Adresse auf, sucht und findet nach nicht allzulanger Zeit einen Rest Kordel, der gerade ausreicht, um das Paket zu verschnüren. Dann fällt ihr ein, daß sie keine Anschrift eingelegt hat, was unerläßlich ist. Sie löst die Verschnürung und holt das Versäumte nach. Dann bringt sie das Paket zur Post. Die postalischen Formalitäten sind äußerst lästig: Eine Paketadresse und eine Zollinhaltserklärung in doppelter Ausfertigung müssen ausgefüllt werden – und dann ist ein Porto zu zahlen, das den Wert der Waren oft übersteigt. Mühsam der Brief an den Empfänger, den Pater Jozef übersetzen muß – ein Weg also zum Krankenhaus, ein längeres Gespräch mit Pater Jozef… Mühsam, leider, auch der Erhalt einer Gegengabe aus polnischer Folklore, gewebt, gestickt, geschnitzt, gemalt. Natürlich rührt es sie immer wieder, diese Gegenstände, liebevoll ausgesucht und vielleicht sogar nicht billig, in Empfang zu nehmen. Sie versteht den Stolz der polnischen Freunde, die kein Almosen wollen, die die karitative Aktion umwandeln in einen Austausch von Gaben. Aber sie kann die Gabe nicht verwenden, keiner ihrer Freunde und Bekannten ist so eingerichtet, daß ihn eines dieser Dinge, Teller, Kerzenleuchter, Deckchen, Kochlöffel erfreuen würde. So erlahmt allmählich ihr Eifer, der Familie des bedrängten Nachbarlandes mit kleinen Lebenserleichterungen beizustehen. Ihr Mitleid, ihre Bewunderung, ihre Wertschätzung dieser Menschen wird sie auf die Dauer nur noch in Geldgaben ausdrücken können.

Sie will verreisen, nicht weit, weder mit dem Flugzeug noch mit dem Schiff, vor beiden fürchtet sie sich, nein, lediglich Bus und Bahn wird sie benutzen – aber die Weitgereiste, die sich herumtrieb zwischen Island und Istanbul, zwischen Boulogne, Krakau und Tanger, die schafft jetzt kaum Köln-Pforzheim und zurück, jedenfalls nur mit Ängsten. Die Zugverbindung! Natürlich besitzt sie kein überregionales Kursbuch, Köln-Pforzheim muß bei der Auskunft angefragt werden. Die Auskunft bei der Bahn meldet sich nicht oder es gibt das Besetztzeichen. Ähnlich zwei Reisebüros. Das dritte ist nicht besetzt, meldet sich auch, erteilt aber keine Auskunft über Zugverbindungen. Wenn sie schließlich am Ziel ist, zur gewünschten Tageszeit eine Verbindung mit leidlichem Anschluß erfuhr, dann traut sie sich nicht mehr, nach einer Alternative, ein zwei Stunden später oder früher zu fragen; sie bescheidet sich mit dem Angebot.

Einige Verbindungen kann sie auch selber nachschlagen im örtlichen Fahrplan; aber das birgt die Gefahr zahlreicher Irrtümer. Wie leicht ist ein Zeichen übersehen, ein Kreuz, eine Schlängellinie, die zwei gekreuzten Hämmer, die den Werktag anzeigen, eine liegende, eine stehende Raute, die Einschränkungen »täglich außer Samstag«, »an Werktagen außer Samstag«, »an allgemeinen Feiertagen« (deren gibt es zehn). Da ist zu beachten ein halber Kreis mit linker Schnittfläche und ein halber Kreis mit rechter Schnittfläche, ein Pfeil nach links, ein Pfeil nach rechts, Sternchen, Zahlen, Buchstaben, letztere fett gedruckt oder normal. Es gibt Zahlen im weißen Kreis oder im schwarzen Quadrat, es gibt Züge (sie vermerkt es am Rande mit Interesse) mit Gepäck- und Fahrradbeförderung an Werktagen, mit Gepäck- und Fahrradbeförderung am Tag vor einem Feiertag oder Sonntag, mit Gepäck- und Fahrradbeförderung an Samstagen und Sonntagen. Züge, die nur bis zu einem bestimmten Datum, und solche, die nur an einem bestimmten Datum, z.B. Fronleichnam, fahren.

Es gibt Züge, die sind im reinen Zwischenortsverkehr des Verbundes zuschlagpflichtig, andere hinwiederum haben keinen Anschluß mit Zügen aus Richtung Mainz... Für einen Zug ist eine Möglichkeit vorgesehen, daß er vor der angegebenen Zeit in Köln Hauptbahnhof nach Deutz abfahren könnte – wo er endet. Ein anderer hat Angebotsbeschränkungen für Reisegruppen, wieder ein anderer ist platzkartenpflichtig für Reisende nach dem Ausland. Ein Zug fährt nur zur Messe, ein anderer nur zum Flughafen. Man sieht, die Fallstricke sind zahlreich gelegt, in denen sich ein schwaches Gehirn verrennen kann.

Dabei gilt es auch noch, für die Fahrt zum Bahnhof den Busfahrplan zu prüfen. Eine ausgeklügelte Schöpfung des Verkehrsnetzes ihrer Stadt, hochdifferenziert entworfen mit verschiedenen Abfahrzeiten für Werktage, Samstage, Sonn- und Feiertage, Ferientage, mit keineswegs gleichbleibenden Ankunfts- und Abfahrzeiten, sondern im gleitenden System mit verschiedenen Intervallen, die Intervalle betragen fünfzehn, zwanzig oder vierzig Minuten je nach der Tageszeit.

Das bedeutet, daß komplizierte Additionsaufgaben zu lösen sind. Zwischen 11.48 und 12.03 ist sie schon einmal gescheitert, so daß sie am Bahnhof einen Zug versäumte. Kaum zu beschreiben die Mühe, die es bereitet, die einmal ausgekundschafteten Zahlen auch zu behalten. Natürlich werden sie aufgeschrieben – ganze Zettel mit Zahlenkolonnen hat sie mittlerweile herumliegen. Aber wo ist der jeweilige Zettel? Zunächst unauffindbar. Wenn sie dann das ganze Rechenwerk noch einmal hergestellt hat, kommt er zum Vorschein – als Lesezeichen in Stefan Heyms *Schwarzenberg* etwa.

Sie legt ihn griffbereit neben das Telefon, deckt ihn aber dann, ohne es zu bemerken, mit einem Konzertprogramm zu, wo er sich lange verborgen hält. Sie steckt ihn, kurz vor der Abreise, in ihre Handtasche. Von dort muß sie ihn wieder und wieder hervorziehen, dem Gedächtnis ist nicht zu trauen, es bedarf ständiger Überprüfung. Die Angst, daß die Abfolge der Abfahrten, Bus und Zug und Anschlußzug, einen Irrtum enthalten könnte, schnürt ihr den Hals zu. Stimmt der Bahnsteig, den sie gerade nachgesehen hat? Lieber guckt sie noch einmal, zum dritten Mal, nach. Hält der Zug am Umsteigebahnhof oder fährt er durch? Vorsichtshalber fragt sie den Aufsichtsbeamten. Sie geht bis zur Lokomotive, um das zu erfahren.

Wie hat sie insgeheim gelächelt über die alten Frauen im Abteil, die zwischen Manteltasche, Handtasche, Einkaufstasche und Geldbörse ins Suchen nach der Fahrkarte gerieten, in wilder Hast das Unterste zuoberst kehrten, mit einfältiger Ratlosigkeit wechselnd zwischen immer denselben vergeblichen Griffen. Nun ist sie selbst so eine, schon in Panik, wenn des Schaffners »Die Fahrkarten bitte!« von weitem ertönt. Genauso wie die ehemals Belächelten wühlt sie in den Behältnissen, klein, gedemütigt vor dem unerbittlich herabstarrenden Blick der vor ihr aufgerichteten Amtsperson in der Abteiltür, je weniger er Zeichen der Ungeduld von sich gibt, (»Lassen Sie sich Zeit!«) desto fahriger werden ihre Hände – in keinem Verhältnis zur Bedeutung der Sache steht die strahlende Erleichterung, mit der sie ihm schließlich das gefundene Papierchen hinhält.

Angesichts der Zettel, auf denen sie die Kombination von Zug- und Busfahrt notierte, gedenkt sie etwas wehmütig der Zeiten, als sie bei der Abfahrt Koffer und Tasche auf den Rücksitz des Autos warf, sich ans Steuer setzte, startete und losfuhr, in diese oder jene Himmelsrichtung. Warum macht sie das nicht mehr? Sie fürchtet die Ermüdung am Steuer, von der sie in den letzten Jahren immer häufiger befallen wurde, länger als zwei, drei Stunden hält sie das Fahren nicht aus. Sie fürchtet die Durchquerung fremder Orte, sie liest die Schilder nicht schnell genug mit den kurzsichtigen Augen, Schilder und Verkehr zu bewältigen, das schaffte sie nicht mehr in den letzten Jahren. Sie erreichte ihr Ziel kaum noch auf geraden Wegen, kurvte in der Gegend herum, weil sie die richtige Abbiegung versäumt hatte, verbrauchte Zeit und Benzin für Umwege, die allein ihrer Unbeholfenheit zuzuschreiben waren. In der näheren Umgebung auf kleinen, wenig befahrenen Straßen, die sie kennt, ist sie immer noch gern unterwegs, auf solche Weise wird sie ihr uraltes Auto fahren, bis es den Geist aufgibt. Fünfundzwanzig Jahre lang war sie eine Autofahrerin, vorgedrungen im Volkswagen bis in Schottlands Norden, in Polens Hohe Tatra, bis zum Schwarzen und zum Marmara-Meer – sie bewältigte diese Distanzen ohne die geringste Ahnung von dem, was unter der Motorhaube vor sich ging, sofort vergessen, was sie in der Fahrstunde darüber gelernt hatte; nicht einmal einen Reifen hätte sie, weder theoretisch noch praktisch, wechseln können. Zuletzt hätte sie auch den Enkeln nicht mehr erklären können, was ihre Füße da unten trieben auf den drei Pedalen – die Füße wußten es, der Kopf nicht mehr. Aber es hatte keinen Unfall gegeben.

Die tägliche Kalamität, das ist die Frage: Wo sind die

Schlüssel? Zu Hause haben die Schlüssel mittlerweile einen festen Platz, soweit waltet Vernunft in dem sonst aller Vernunft entzogenen Bezirk. Sie werden dann vor dem Ausgehen in einer der Hand- oder Manteltaschen, Jacken- oder Kleidertaschen untergebracht. Vor dem endgültigen Verlassen der Wohnung darf sie es nicht unterlassen, vorher noch einmal die Taschen zu schütteln, ob auch die Schlüssel klirren, wenn es nicht klirrt, muß man nachsehen, darf die Tür nicht schließen , ohne sich mit Ohren oder Augen überzeugt zu haben, daß die Schlüssel eingesteckt wurden. Sie wurden eingesteckt. Aber wenn man sich, heimkehrend, der Haustür nähert, dann ist es nie ohne diese nervöse Angst, ob die Schlüssel auch da sind. Zeigen sie sich nicht sofort, spürt sie eine Welle von Schrecken durch ihren Körper schlagen. Sie sucht hastig, voller Unruhe. Als finge ein Topf zu kochen an, so brodelt es in ihr, wirft Blasen, zischt, bis sie das Metall in der Hand fühlt, eine normale Temperatur sich wieder einstellt.

Sie kam nach Hause vom Besuch bei den Enkeln, vierzig Kilometer weit gefahren mit dem Auto – und hatte die Schlüssel nicht. Noch einmal den Weg machen, abends, im Dunklen. Sie kam nach Hause mitten in der Nacht, jemand hatte sie im Auto gebracht und war weggefahren – sie hatte die Schlüssel nicht, mußte die liebe Freundin aufwecken und um ein Nachtlager bitten. Sie verließ die Wohnung, kehrte um, weil sie etwas vergessen hatte und ließ die Schlüssel im Badezimmer liegen. Es blieb nichts übrig, als den überaus ungeliebten Nachbarn herauszuklingeln, ungeliebt, aber im Besitz von Zange und Schraubenzieher und des Schlösseröffnens kundig. Bei den Schlüsseln ist die Alte nicht siebzig, nein, mindestens hundert Jahre alt, und niemand kann ihr zusehen, wenn sie mit Schlüsseln hantiert, ohne daß sich nicht Mitleid und Kopfschütteln mischten mit ungläubiger Verwunderung. Sie selbst ist sich zuwider in solchen Augenblicken. Diese kopflose Hast, mit der sie in allen Taschen kramt, mit fahrigen Fingern – wo doch ihr Leben auf Disziplin und Planung und Sorgfalt gestellt gewesen war! Die Hasenangst, die Ameisenpanik! Verstrickt ins Suchen, guckt sie dieser suchenden Person über die Schulter und verachtet sie.

Nicht nur mit den eigenen, auch mit fremden Schlüsseln liegt sie in Fehde. Nur ungern vertrauen sie ihr Schlüssel an, die Tochter, die Freundin, und fehlt einer, so ist sie die erste, auf die der Verdacht fällt. Gelegentlich allerdings findet sie verkramte Schlüssel, die den anderen abhanden kamen: in den Polstern, zwischen der Wäsche, als Lesezeichen im Buch, im Besteckkasten, zwischen den Kassetten, dann fühlt sie sich etwas rehabilitiert. Natürlich wüßte jeder Psychologe eine Erklärung für die Schlüsselneurose: Sie liebt Schlüssel nicht, sie verabscheut Schlüssel ebenso wie geschlossene Türen. Bei ihr stehen immer alle Türen offen, nichts schließt sie ab, auch die Haustür nicht bei Nacht, nicht die Tür des Hotelzimmers. Geschlossene, verschlossene Türen bezeichnen Endgültigkeit. Sie aber, immer in Provisorien eingerichtet, an Vorgängen teilnehmend, deren Ende offen ist, fürchtet Endgültigkeit wie alle, die im Entscheiden schwach sind.

Die Schlüssel! Die Brillen! Alle, die eine tragen, kennen die Misere. Die Klugen haben sich beizeiten, als Gewöhnung noch mühelos zu haben war, zu einem doppelsichtigen oder einem halben Glas entschlossen, so kommen sie mit einem Gerät aus. Allerdings verleitet sie dieser Notbehelf zu einer unbeholfenen Art des Hinschauens, mit gesenktem Kopf schielen sie nach oben, über die Sichtscheide, wenn sie ein Gegenüber anblicken wollen – das erinnert an pickende Hühner. So also lieber nicht. Dann doch lieber die Vielzahl von Brillen: eine für die weite Ferne, im Auto, auf dem Fahrrad, eine für die nahe Ferne oder die etwas entferntere Nähe (im Haushalt), eine für die nahe Nähe, zum Lesen, zum Schreiben (aber zum Maschineschreiben doch lieber die mittlere!) und eine separate Brille fürs Klavierspielen, angefertigt, nachdem der Abstand der Arme zur Tastatur mit dem Abstand der Augen zum Notenblatt in ein gehöriges Verhältnis gebracht worden war und dies Verhältnis die Stärke der Gläser bestimmt hatte. Und dann gibt es vielleicht noch eine wiedergefundene der ersten, zweiten oder dritten Art, oder eine, deren Gestell aus der Mode kam, kleine eiförmige Gläser oder riesige runde Mühlräder, vier, fünf, sechs Brillen also, auf jeden Fall mindestens vier griffbereit, die anderen in der Schublade. Natürlich bereitet es Mühe, für jede Gelegenheit das passende Glas zur Hand zu haben. Manche Brillen ähneln sich und sind leicht zu verwechseln. Auch ist es nicht leicht, die zu bewältigenden Entfernungen richtig einzuschätzen. Nie gelingt es ihr, die richtige Brille zu finden, wenn sie im Freien schreibt und dabei sowohl den Zug der Buchstaben auf dem Papier wie auch die vorüberfliegende Elster und den Fliederbusch am hinteren Zaun mit einiger Deutlichkeit wahrnehmen möchte. Es besteht auch die Möglichkeit, in der Nähe ganz ohne Brille zu sein, wenn sie nur die Objekte nahe genug ans Auge hält. Ein Wechselspiel zwischen bebrilltem und bloßem Auge findet immer statt, wenn sie, im Auto, eine Straße finden muß: dann heißt es anhalten, Brille weg, auf den Plan gucken, Brille auf, weiterfahren, vor der nächsten Kreuzung wieder Brille ab, auf den Plan gucken, Brille auf, weiterfahren – ein mühseliger Vorgang, der ihr das Autofahren in fremden Gegenden verleidet.

An den Wechsel von bloßem und bebrilltem Auge, an den Wechsel der vier Brillen hat sie sich gewöhnt – wenn es auch vorkommt, daß sie mit der mittleren ins Auto steigt und an der ersten Ecke wieder umkehren muß; daß sie mit der fernen Brille aufs Podium geht, um zu lesen, und dann nacktäugig dastehen muß vor allen Leuten, das Papier dicht vor der Nase. Woran sie sich nur schwer gewöhnen kann, das sind die Sehstörungen, die vorüberstreichenden Trübungen des Gesichtsfeldes, die auf und ab wimmelnden, schwarzen Punkte. Fliegenschwärmen gleich tummeln sie sich vor der Netzhaut, nie sind die Bilder, die das Auge erzeugt, davon frei. Je nach den Lichtverhältnissen machen ihr auch die Verdoppelungen der Gegenstände zu schaffen, jedes fixierte Objekt erzeugt sofort neben sich, rechts oder links, einen Doppelgänger; nicht der Mond, nicht die Gestirne zeigen sich jemals als die Solitäre, die sie sind. Abends und bei Nacht ist es vorbei mit dem festen und sicheren Ausschreiten. Zögernd tastet sich der Fuß übers Pflaster, zögernd gleitet er den Bordstein hinunter, zögernd die Treppe, nahezu hilflos, wenn nicht weiße Streifen die Kante anzeigen. Je dunkler es ist, desto schwieriger der Weg; dafür fühlt sie sich wohl in übergroßer Helligkeit, am Meer, im Hochgebirge und im Zimmer, wenn mehrere hundert Watt es erleuchten.

***

Oft muß sie sich darüber wundern, wie man sich daran gewöhnen kann, daß Leib und Glieder nicht mehr zu Diensten stehen wie früher. Sie registriert das eher, als daß sie es beklagt, im Gegenteil, wo etwas noch leidlich funktioniert (wie das Gehör, das nur bei starker Geräuschkulisse versagt), erstaunt sie das eher. Geruch und Geschmack sind auf der Höhe geblieben.

Die Gerüche erscheinen ihr sogar herrlicher von Jahr zu Jahr: die des Frühjahrs mit Goldlack und Seidelbast, mit Flieder und Maiglöckchen, der Duft blühender Linden und des gemähten Grases im hohen Sommer. Die Sinnesorgane, so nahe beim Verlöschen, machen so etwas wie eine große Gala aus ihrem Abschied von der Welt. Nie war das Rot so rot, das Brot so köstlich, das Fächeln des Windes so zärtlich, wenn sie unter den Buchen liegt und er über sie dahinstreicht...

***

Das Schreiben, die Schrift – das war von jeher ein bedeutender Komplex. Sie hat zwei Schriften, eine schnelle, schräge, in der sie die Manuskripte anfertigt, und eine langsame, steile Schrift für die Briefe und Eintragungen in Gästebücher. In der Schule benutzte sie einen Füllfederhalter mit sehr breiter Feder, sie hielt ihn zwischen dem zweiten und dritten Finger, eine manierierte Art, das hatte sie einer bewunderten älteren Freundin abgeguckt. Sie schrieb ziemlich ausladende Buchstaben, die Großbuchstaben der Druckschrift nachgebildet. Dann merkte sie, daß bedeutende Menschen in Kunst und Wissenschaft meist eine kleine Schrift haben, also gewöhnte sie sich – süchtig, es Prominenten gleichzutun – an kleine Buchstaben. Das Schriftbild entsprach ihrem ästhetischen Gefühl, es gefiel ihr, wenngleich sie die angestrebte größere Regelmäßigkeit nie erreichte. Aber nun die Alte! Der ehemalige Schreibfluß ist ins Stocken geraten, Knoten und Knorpel bilden sich am glatten Auf und Ab, an Schleifen und Bogen, die Richtung schwankt, betrunken torkelt der Stift und hinterläßt ein Gestrüpp von Zeichen anstelle einer akkuraten Anlage. Das Unvermögen der Hand, den Stift nach ihrem Willen zu lenken, beunruhigt sie tief. Sie weiß, daß das Schriftbild die Person spiegelt; demnach wäre sie der Zerrüttung nahe, der Dekomposition, dem Tod. Vergleicht sie ihre Schrift mit der der gleichaltrigen Freundin, so erscheint ihr die ihrige um zehn Jahre älter. Wie sehr das nahe Ende sich in einer Schrift ankündigt, das erfuhr sie während der Krankheit der Eltern, der Großmutter, auch anderer Verwandter. Es macht ihr Ängste, die Worte, die sich ehemals leicht, wie tanzend, über die Zeilen schwangen, nun so unbeholfen daherstolpern zu sehen.

Doch bietet es keinerlei Erleichterung, statt mit der Hand mit der Maschine zu schreiben. Immerhin ist ja die Schreibbewegung der Hand, wenn auch gestört, gehemmt, ein organischer Vollzug, aufwärts, abwärts, kreisend, sie tut das gern, hat die Vorstellung, als brächte die Bewegung der Hand die geistige Tätigkeit in Gang, so daß sie manchmal, wenn sich nichts rührt in den grauen Zellen, irgend etwas hinschreibt, abschreibt in der Hoffnung, die schreibenden Finger leisteten Schlepperdienste für die träge Einbildungskraft und brächten sie in Fahrt.

Aber die Klopfbewegung, mit der die Maschine bedient werden muß, die war ihr seit je zuwider. Zwar hatte sie die Technik in der Handelsschule gelernt, beherrschte das Zehnfingersystem und das Blindschreiben, hatte schnell und nahezu fehlerlos geschrieben. Diese Fertigkeit kam ihr nun abhanden, nicht vom einen zum anderen Tag, aber im Lauf der letzten Jahre; bald wird sie nirgendwo mehr ein eigenhändig hergestelltes Maschinenmanuskript vorlegen könne. Als häufigster Fehler erscheint die Buchstabenverwechslung. Sie schreibt »Gülck« und »Teif« und» Abreit« und »Etlern« und »Knid«, fast nie gelingt es ihr, das Wort »tief« richtig zu schreiben. Sie hetzt über die Tastatur, so daß Endbuchstaben ausfallen, daß die aus dem Ruhekreis abgerufenen Schreibarme sich ineinander verhaken, sie muß sie auseinanderzerren, das gibt blaue Finger. Dabei ritzt sich die blaue Farbe in die Fingerkuppen ein. Die Abscheu vor diesem Farbbanddblau muß tief sitzen, ebenso wie die vor dem blauen Kopierpapier. Immer wieder schreckt sie davor zurück, es zu benutzen, und hat es dann bitter bereut, wenn eine Abschrift fehlte. Sie schreckt davor zurück, das Papier aus der Hülle zu nehmen, es zwischen die zwei Blätter zu schieben, alle drei Blätter sorgfältig aufeinander zu passen, vor allem in der richtigen Reihenfolge (wie oft passiert es, daß die Durchschrift auf der Rückseite des Originals steht statt auf der Kopie) und sie auf die Rolle zu drehen, ohne daß sie sich verschieben. Das alles sind überaus lästige Vorgänge, immer lästiger mit den Jahren, im Grunde ist sie der Maschine, der unentbehrlichen Helferin, spinnefeind, läßt es an Pflege, an Wartung fehlen, tage-, wochenlang steht sie ungeschützt, dem Staub anheimgegeben, der bis in ihre Eingeweide dringt.

* * *

Die Abende! Wenn sie nicht ausgeht, zu Freunden zu einem Vortrag, einer Versammlung, selten ins Theater, selten ins Konzert, noch seltener ins Kino, wenn keiner kommt – aber wer kommt schon zu einer, die nicht kochen kann, weder koreanisch, noch jiddisch, noch polnisch, die ihre Gäste, nicht aus Geiz, eher aus Mangel an Fantasie, karg bewirtet? – wenn sie also den Abend allein verbringt, dann erscheint ihr das schon am Nachmittag als eine Aufgabe, die zu bestehen ist, für die man sich rüsten muß mit allerlei Vorbereitungen, soll es nicht übel ausgehen. Das heißt: Soll sie nicht der trägen Traurigkeit anheimfallen, die sich so oft mit sinkendem Licht über sie senkt, ein grauer Fetzen Tuch, unter dem Freude, Mut und Lust ersticken. Der Tag kann noch so heiter gewesen sein, ohne Schmerzen, mit erfreulichen Nachrichten, mit guten Stunden am Schreibtisch – bricht der Abend an, womöglich noch mit Glockenläuten, breitet sich das graue Tuch aus, deckt alle Freundlichkeiten der vergangenen Stunden zu, und sie sitzt da, unfähig zum Schreiben, zum Schreiben auch nur eines Briefes, zum Lesen – es wäre denn ein Krimi oder eine andere spannende Unterhaltung.
So greift sie also am Morgen zum Fernsehprogramm,

kreuzt an, was sie sehenswert findet, und hält den Abend, falls ihr der Bildschirm für zwei, drei Stunden etwas anbietet, für gerettet. (So tief unten ist sie noch nicht angekommen, daß sie sich etwas ansieht, nur um die Zeit zu vertreiben. Daß man die Zeit, dies kostbare Gut, nicht vertreiben darf, diese Überzeugung sitzt ganz tief in ihr drin, Zeit ist zu nutzen und auszuschöpfen, mit ihr ist auf das Sparsamste umzugehen. Aber wer weiß, wohin es noch mit ihr kommt unterm grauen Tuch, ob nicht die Not so groß wird, daß sie sogar zu »Dallas« greifen würde, um sich vor der Abendtrübsal zu retten!) Auch der Hörfunk bietet gelegentlich Hilfe und Stütze.

Ein Abend ohne die Hilfsmittel der Medien ist ihr kaum noch vorstellbar. Doch wenn die Linden blühen und die sommerliche Wärme noch in der Straße steht, dann geht sie manchmal zum Lokal auf der Ecke, wo man draußen sitzen kann bei jugoslawischem Essen, preiswert. Dort bestellt sie ein Gericht oder ein Viertel Wein, liest die Zeitung dabei und empfindet die Nähe der fröhlich tafelnden Menschen als angenehm. In irgendeinem Augenblick aber spürt sie ihr Alleinsein neben den anderen als einen Schmerz; das Gefühl der Abgeschiedenheit, statt sich zu mildern, schwillt an, breitet sich aus – dann zahlt sie doch lieber und geht wieder zu »Derrick«, oder zum »Alten«. Merkwürdigerweise ist ja die Verbrechenswelt, nimmt man nur zuschauend oder lesend an ihr teil, eine heimelige; sie läßt den Teilnehmer ein wie ein geöffnetes Haus und umschließt ihn dann mit ihrem wärmenden Schauder. Sie empfindet es jedenfalls so, mehr noch beim Lesen als beim Sehen. Wurde die Lektüre unterbrochen und man wendet sich ihr wieder zu, dann kehrt man zu den bösen Ereignissen zurück wie in eine verlassene Heimstatt.

Ehe der Abend anbricht, mustert sie auch die verfügbaren Eßwaren und Getränke, manchmal denkt sie schon morgens beim Einkaufen daran, daß sie dieser Krücken bedürfen wird bei anbrechender Dunkelheit. Wenn sie merkt, daß sie nichts zu brechen und zu beißen hat, beschleicht sie schon im voraus Unbehagen. Sie fühlt sich armselig, preisgegeben, ein Nichtschwimmer, dem man den Rettungsring entzogen hat.

Letzte Hilfe schließlich ist das Telefon. Es gibt so viele Menschen, die sich über einen Anruf freuen. Sie tut sich und ihnen wohl, wenn sie die Scheibe dreht. Die zahllosen Kontakte machen es erträglich unter dem grauen Tuch. Sie schaltet sich dann in andere Lebensläufe ein, verliert sich selbst ein wenig aus den Augen. Sie erkundigt sich nach Kindern und Enkeln und kranken Großvätern, nach dem Fortgang des Hausbaus und des in Arbeit befindlichen Manuskriptes, nach dem Datum der nächsten Premiere und der nächsten Reise, nach Liebesschmerz und Schülerkummer, nach dem Zustand des Herzens, der Hüfte, der Beine, der Augen, nach dem Fortgang der Studien und dem Befinden des Babys, nach dem ungetreuen Ehemann und nach dem frisch gegrabenen Grab, nach den gärtnerischen Erfolgen, nach dem Wurf der Hündin, nach den Kosten der Scheidung und danach, wie denn die Einsamkeit bestanden wird nach dem Umzug vom Dorf in die Stadt, nach dem drohenden Konkurs und dem Erfolg der Stellensuche, nach den Aktivitäten dieser oder jener Friedensgruppe ... Damit schafft sie Welt um sich herum, vergewissert sich ihrer Verflochtenheit mit vielerlei Dasein, kommt sich nicht mehr arm vor, sondern beschenkt mit all dem Vertrauen, all der Zuneigung, die ihr zufließen über den Draht – dann kann sie getröstet schlafengehen. Da sind dann auch noch die Spiele, Patience und Scrabble, starke Stützen; seit vielen Jahren bedeutet es nimmermüde Lust, die Karten und die Holzplättchen zu ordnen, die Karten nach Farbe und Zahl zu bestimmten Figuren, die Buchstabenplättchen zu Worten in der Form eines Kreuzworträtsels, wobei beim Kartenspiel der Zufall eine große, die Aufmerksamkeit eine untergeordnete Rolle spielt; beim Scrabble-Spiel ist es umgekehrt. Zwar bestimmt der Zufall die verfügbaren Buchstaben, aber was sie daraus macht, erfordert Kombinationsgabe und einen reichen Wortschatz.

Übrigens spielt sie auch am Morgen, das macht, neben dem Frühstück, den Tagesbeginn lustvoll und bringt ihr Gehirn in Bewegung, eine Art Geschmeidigkeit im Umgang mit den Worten stellt sich ein, gut geölt fühlt sie sich nach dem Spielen. Lange schämte sie sich, so viel Zeit mit etwas so Unnützem zu verschwenden. Aber eines Tages begriff sie, daß das Spiel nichts Unnützes war, es stärkte das Gemüt, weil es ihr Spaß machte, es stärkte das Sprachvermögen. Trotzdem geniert sie sich immer noch, davon vor anderen zu reden, es müssen da noch verhohlene Schuldgefühle sein.

***

Sie stellt fest, daß ihre Beziehungen zu den Menschen sich unter der Hand verändert haben. Sie sind blasser, distanzierter geworden. Manchmal ist ihr, als habe sich ein Glas zwischen sie und den anderen geschoben, eine Trennwand, durchsichtig zwar, doch spürt sie die alte Unmittelbarkeit nicht mehr. Sie ertappt sich dabei, daß die Leiden, die Schmerzen, die Sorgen der Freunde sie nicht so stark betreffen, wie das ihrer Zuneigung entsprechen müßte. Zwar hat sie Leiden, Schmerzen und Sorgen immer noch in ihrem Sinn, sie muß sich sogar wundern, was alles das schlechte Gedächtnis noch speichert von den Angelegenheiten der anderen – aber sie hat das eben nur im Sinn, kaum in ihrem Herzen.

Sie fragt sich, ob sie denn wohl ohne die Freunde, ohne die Familie auskäme, ob sie imstande wäre, allein zu leben? Das wohl nicht. War sie längere Zeit von ihnen getrennt, sehnt sie sich nach ihrer Anwesenheit. Aber dann wird ihr ein Zusammensein auch schnell zuviel. Abendlange Gespräche lassen sie immer ganz ausgelaugt zurück. Gern mag sie etwas unternehmen mit anderen, zusammen unterwegs sein, etwas anschauen, etwas anhören, zusammen essen, mag die wortlose Verständigung. Ihre schönste Vorstellung: Mit dem Mann, den sie so gut leiden mag, zusammensitzen, seinen Arm um ihre Schulter, ihren Kopf an seiner Brust – und schweigen. Sie versucht, die Gründe für solche Veränderungen zu finden. Es mag daran liegen, daß so viel Alter und Krankheit sie umgibt, ach, all das Elend ringsum! Sie fühlt sich davon zu Boden gedrückt, selten stellt sich jemand ein, der scherzt und lacht und Heiteres zum besten gibt. Wie denn auch? Die Weltlage ist nicht so, man muß sich ja fragen, wo einer Scherzen und Lachen hernehmen sollte – es sei denn, er scherzte bitter und lachte böse über all das heranrückende Unheil.

Kaum wagt sie sich einzugestehen, daß es auch ihre eigene mangelnde Unmittelbarkeit ist, die die Beziehungen beeinträchtigt. Im Lauf der Jahre hat sich ja viel angesammelt an heruntergeschlucktem Widerstand und Vorbehalt, an unausgesprochener Mißbilligung. Vertrauen wuchs nicht, sondern schwand, Einblicke in die Schattenbereiche des anderen machten Angst, kleine Zerwürfnisse hatten dem Porzellan Sprünge beigebracht, Mißfallen hatte sich eingestellt, wo ehemals eitel Wohlgefallen herrschte. Und all dies mußte verborgen bleiben. Vorsichtige Versuche, Trübungen ans Licht, das heißt, zur Sprache zu bringen, brachten wenig ein, ließen die Beteiligten eher ratlos zurück. So kehrte man schließlich alles unter den Teppich, verstaute es in der Abstellkammer – und ging vorsichtig miteinander um, damit vom Weggekehrten, Abgestellten nichts zum Vorschein käme. Ja, so mochte es wohl gekommen sein im Lauf der Jahre, liebevolle Resignation, das sprang wohl heraus bei der Endsumme, gedämpftes Einverständnis, piano, piano, kein Jubel, kein Entzücken, kein Einzug beim anderen mit fliegenden Fahnen, Pauken und Trompeten – das ist vorbei.

***

Wenn sie morgens die Zeitung aufschlägt, guckt sie zuerst nach den Todesanzeigen, dem Geburtsdatum des Verstorbenen. Fällt es zusammen mit dem ihrigen oder befindet es sich wenigstens in der Nähe ihrer eigenen Jahreszahl, erschrickt sie jedesmal. Beträgt der Altersunterschied drei Jahre (oder gar mehr), fühlt sie sich erleichtert: drei Jahre, das ist noch eine ansehnliche Spanne, dreimal Frühling mit jungem Grün und Apfelblüte, Flieder und Goldregen, dreimal Sommer, Lindenduft und kühle Schatten im Buchenwald, dreimal Herbst mit flammendem Laub und Kartoffelfeuern auf dem Acker – den Winter schenkt sie sich, den mag sie nicht, er ist nichts als kalt und Schnee nichts als beschwerlich. Dreimal die Matthäus – oder die Johannespassion, auch Mozart und Haydn und Schubert noch viele Male, und mindestens tausendmal der Anblick der schlafenden Enkel abends in ihren Betten. Mag auch der Rest Sorge sein und Not und Kummer um die Ihren, um die Freunde, um ihr Land, um das Schicksal in der Welt – trotzdem will sie noch da sein und teilnehmen; als Teilnahme erscheint ihr dann vorwiegend das Leben, im Guten wie im Schlechten.

Aber wer sagt denn, daß sie dasselbe Lebensalter erreichen wird wie der drei Jahre ältere Tote in der heutigen Zeitung? Ebenso kann es ja morgen passieren, oder diese Nacht schon. Schon lange lebt sie im Angesicht dieser Möglichkeit, sie verdrängt das nicht. Aber mit den fortschreitenden Tagen wandelt die Möglichkeit sich zum Wahrscheinlichen hin, die Wahrscheinlichkeit des baldigen Todes wächst und wächst und bläht sich auf zu gewaltigen Ausmaßen, erhebt sich über ihr und wirft einen Schatten über alles, was sie tut und denkt und fühlt. Von einem bestimmten Tag an ist er immer da, benannt mit dem Wort »bald«. Diese Silbe ist nun ihr beständiger Begleiter, das letzte Korn im Brot, der letzte Tropfen im Glas, der letzte Ton im Lied…

Sie denkt an die Jüngeren, die sie kennt, von denen viele

ein schweres Leben haben, voller Enttäuschungen und Widrigkeiten, Schmerzen der Trennung, Sorge ums Tägliche. Aber das Wort »bald« steigt ihnen eben erst über den Horizont, es ist noch gut dreißig Meilen von ihnen entfernt, das haben sie der Alten voraus, daß sie es noch nicht sehen müssen morgens, mittags und abends, ganz nah sein fürchterliches Gesicht. Sie sind zu bedauern, aber es geht ihnen ja gut, denn sie leben noch nicht beim »bald«, in der grausamen Nachbarschaft. Da kann sich noch vieles begeben, da können ihnen noch Reichtümer zufallen, von denen sie sich nichts träumen lassen. Dieser Alten aber stehen nur noch Minderungen bevor, wachsen kann da nichts mehr außer dem Fett und den Nägeln an Fingern und Zehen.

Dem »bald« ständig ins Auge zu sehen, es zu riechen durch alle guten und schlechten Gerüche ihrer alten Tage – das bedeutet aber nicht, daß sie das täte, was man »sich auf den Tod vorbereiten« nennt. Wer könnte ihr auch sagen, wie sie das machen soll? Selbst wenn sie fest und unverbrüchlich an ein Fortleben nach dem Tod zu glauben vermöchte: zunächst ist der Tod das Auslöschen der Person, ihre, mindestens vorläufige, Vernichtung. Damit in Gedanken umzugehen, meint sie, ist grauenhaft und führt zu nichts. Der Tod ist das ganz und gar Undenkbare. Soll sie ihn als eine Art Examen betrachten, das man nur bestehen kann, wenn man es geübt hat? Wie übt man Sterben? Wie übt man das eigene Sterben, das möglicherweise keiner Art von Sterben gleicht, dessen Zeuge man schon einmal gewesen ist? Aber auch, wer willig und bereit wäre, das Sterben zu bedenken: den plötzlichen Sturz in die Nacht oder das lange

Siechtum, mit dem einer der Familie zur Last fällt, oder die Operation und das Ende im Krankenhaus mit den höllischen Schmerzen in den Eingeweiden, oder den Schlag, der das Hirn trifft und dann die Gliedmaßen erstarren läßt in Bewegungslosigkeit – auch wer das alles bedächte, hätte nur das Sterben, keineswegs den Tod bedacht. Auch wer es wollte, könnte es nicht. Die Vorstellung, nicht mehr »da« zu sein, zumindest nicht mehr als der, der man war, in Ewigkeit, in Ewigkeit nie wieder der, der man war – diese Vorstellung ist unvollziehbar.

Aber die jenseitigen Versprechungen? So wird man ihr vorhalten. Die sind in ihrem Kopf, aber nicht in ihren Eingeweiden. Dort ist nur Angst.

Natürlich meint sie nicht, daß man sein Haus nicht ordnen sollte, daß man nicht festlegen und aufschreiben sollte, was zu geschehen hätte mit den Hinterlassenschaften. In ihrer Schublade befindet sich eine Liste mit den Namen aller Freunde, denen Bilder und Bücher und Kunstgegenstände zugedacht sind. Das Grab liegt bereit, der Platz auf der Grabplatte ist für ihren Namen ausgespart. Sie versucht auch, sich vorzustellen, wie sie leben werden ohne die Mutter, die Großmutter, die Schwester, die Freundin: die Kinder verstört durch die Begegnung mit dem Tod. Die Tochter gewiß bis tief in die Wurzelbereiche erschüttert durch das elementare Ereignis, keine Mutter mehr zu haben und somit keine unabänderliche, unzerstörbare Zuneigung, auch keine Fürsorge mehr, niemanden, der alles Ihrige mitbedenkt (so lästig dies auch oft gewesen sein mag).

***

Der Körper, dieser Kopf-Rumpf-zwei-Arme-zwei-Beine-Körper – was für ein verläßlicher Geselle war er doch gewesen! Er ging und stand und lief, er trug und schleppte, er sprang und drehte sich im Tanz, er schwang sich über Barren und Reck, kopfüber, kopfunter. Er schwamm und ruderte. Er warf und schlug den Ball, hatte Kräfte, die Erde umzugraben. Er konnte nicht alles, aber doch das meiste, was man ihm zumutete, er war zu Diensten, ließ sich nicht lange bitten. Sie hat beinah schon vergessen, wie das war, als er ihr einfach gehorchte, als sie seiner sicher sein konnte.

Nun herrscht Unsicherheit, die totale Unverläßlichkeit. Das beginnt bei den Augen und endet bei den Füßen, die Füße, die Beine, die willfährigen Gehilfen von ehemals, sind jetzt nicht weniger widerspenstig als die Finger. Eigentlich geht nichts mehr so richtig außer radfahren und schwimmen, sie verfügt weder über die Kraft, noch über Schnelligkeit und Geschicklichkeit. Vom Kopf nicht zu reden, der Dutzende von Fehlhandlungen produziert, in Vergeßlichkeit, Ungenauigkeit, Zerstreutheit haben sie ihren Ursprung. Nichts mehr ist deutlich, exakt und zutreffend; selbst unterstützt vom Gerüst des Kalenders verschwimmen ihr Termine und Verabredungen in Nebelschwaden.

Ihre Liaison mit diesem Körper ist aus dem Gleichgewicht geraten. Er ordnet an, wann dieses oder jenes unternommen werden kann oder nicht. Sie hat zu gehorchen – oder es kommt sie teuer zu stehen. Er verweigert sich nicht nur, er regiert auch. Er liefert sie aus an zahllose Apparaturen, mit deren Hilfe die tief verborgenen Zustände des Bauches und der Organe ans Licht gebracht werden. Er heischt regelmäßige Untersuchungen zur

Vorsorge und immer häufigere Kontrollen vor dem Röntgenschirm, Durchleuchtungen, Aufzeichnungen des Blutlaufs und der Ströme von Herz und Hirn, Spiegelungen, die tief ins Leibesinnere eindringen, Blut- und Wasserproben, Messungen und Feststellung von »Faktoren« und »Werten«, die ihr dunkel bleiben.

Es werden gefunden: ein Stein, ein Pilz, ein Schatten, ein Knötchen; diverse Veränderungen an Gelenken und Gedärm. Feststellbare Schäden, reparaturbedürftig, sie stehen in den ärztlichen Papieren, werden behandelt, bleiben unter Kontrolle, wenn auch die wenigsten von ihnen geheilt werden. Im Vagen bleibt die mehrmals, wenn auch von Außenseitern der Schulmedizin festge- stellte Anfälligkeit für Krebs irgendwelcher Art, das Bild der Iris und Bilder von der Blutbeschaffenheit haben darauf hingewiesen.

Beunruhigender noch als die Diagnosen sind die Symp- tome: plötzlich auftretende Schmerzen, Stechen hier und Stechen da, die Bocksprünge des Herzens, der versagende Atem, die krampfartigen Stauungen an Bei- nen und Füßen. Das kommt und geht, hinterher ist es nichts gewesen, hat auch keine Spuren hinterlassen – aber es hat die stets gegenwärtige Frage provoziert, ob wohl jetzt das Stündlein geschlagen habe. Sofort taucht auch der Komplex Krankenhaus auf: eine Operation, ein Dreibettzimmer, Ruhe ab acht Uhr abends, Wecken morgens um sechs, Waschen am Becken, freudlose, schlaffe Mahlzeiten, unaufhaltsames Gerede von Zim- mernachbarinnen samt ihren Besuchern.

Sie fürchtet kommenden oder latent schon vorhandenen Krebs an mindestens neun Stellen, sie fürchtet Rheuma und Gicht, Bechterew oder Parkinson, Angina pectoris, Erblindung. Mit einigen dieser Bedrohungen geht sie schon lange um, andere treten erst in neuerer Zeit auf, seitdem der eine oder andere der Freunde davon befallen ist. Seitdem sind die Worte aus ihren Buchstaben herausgetreten, füllen sich prall wie aufgeblasene Luftballons – welches von ihnen wird als erstes platzen und sie unter seinen Fetzen begraben? Sie betastet ihre Halsschlagader, spürt die gleichmäßige Bewegung des Blutes unter dem leichten Druck ihres Fingers, fünfundzwanzigtausend Tage lang, so ungefähr sechshundert Millionen Male pochte bisher das Herz. Lange kann es nicht mehr dauern, und es wird ihm zuviel werden. Will sie denn auch ewig leben?

Das möchte sie wohl. Bei den Bäumen, den Blumen, den Vögeln, bei den Kindern und ihrer geliebten Mutter, den Freunden, der Musik und den Worten der Dichter sein – sie vermag sich nicht vorzustellen, daß sie aufhören könnte, dies zu wollen. Allzu gut hatte Gott es mit ihr gemeint, als er ihr diese Insel zuwies im Meer des Elends, diese Klippe, auf der sie dem Jammer der Welt entrückt ist. Der Jammer der Welt erreicht nur ihre Gedanken, ihre Träume, nichts spürt sie von Hunger, von Kälte, von Unbehaustheit, von schwerer Krankheit, von Terror und Blutvergießen. Nichts bedeuten die kleinen Lasten des Alters, verglichen mit den Leiden der Armen, mit den Drangsalen der Unterdrückten rings umher. Sie weiß davon und gibt sich Mühe, sich das Wissen gegenwärtig zu halten – sie weiß, aber sie spürt nichts davon, ihr Tisch ist gedeckt und ihr Bett gemacht, ihr Ofen brennt, ihre Schränke sind gefüllt, und sie hat Muße genug, sich in den Anblick der Rose zu versenken, die sich soeben vor ihren Augen zu entfalten beginnt. Auch in dieser Rose wohnt Gott, nicht weniger ist er anwesend in ihrem Duft als in den stinkenden Lumpen des Alten, der im Wellblech haust. Hier ist er und dort – wer soll das begreifen.

Sie hat es aufgegeben mit ihm zu streiten wegen solcher Unbegreiflichkeit. Nur fürchtet sie, er hat gewollt, daß sie sich zu denen in Lumpen hätte schlagen sollen, beizeiten, jetzt ist es zu spät. Er hat ihr das bequeme Leben angeboten, und sie hat es genommen, es hat ihr gefallen, es gefällt ihr noch immer, trotz der Mühe mit den alten Knochen und trotz der Bedrohung, die über uns schwebt, das Ding, der Würfel aus Dynamit, das Ding, das jeden Augenblick herunterfallen kann, gewollt oder ungewollt von denen, die es erfanden und herstellten – trotzdem.

Sie erinnert sich an eine Erzählung, in der ein Gefangener sich in einer entsetzlichen Lage befindet. Er bemerkt, daß die Mauern seines Verlieses sich jeden Tag ein Stück weiter auf ihn zu bewegen, von Tag zu Tag verringert sich der Abstand, wird sein Lebens-, sein Atemraum enger. Er sitzt da und starrt auf die Mauern, er kann es sich ausrechnen, wann es so weit ist, daß sie ihn berühren, ihn drücken, zwängen, quetschen, bis er qualvoll erstickt.

Seit Kindertagen hatte sie das Bild des Mannes in seinem Kerker lebhaft in ihrer Vorstellung, sie trug es mit sich herum, nicht ohne die Freude am Grauen, die man bei Kindern oft findet. Jetzt, sechzig Jahre später, wenn sie abends sitzt oder liegt, kommt ihr die Geschichte wieder in den Sinn, und ihr ist, als sei hier ihre eigene Lage beschrieben. Angekommen im letzten der zahlreichen Räume, die sie durchmessen hat, sieht sie die Wände auf sich zukommen, das Licht nimmt ab, auch die Luft, das Atmen geht mühsamer, keine ausgreifenden Schritte mehr, keine weitreichenden Hantierungen. Sie wird ersticken im Dunklen, sie wird röcheln, wie sie ihre Mutter hat röcheln hören in den letzten Stunden – Gott steh mir bei.

Auf dem Boden

Als die Großmutter eine Großmutter geworden war, da wurde sie immer wieder von ihren Freunden gefragt, wie sie sich denn nun fühle in ihrem neuen Stand. Sie konnte darauf schwer eine Antwort geben. In einer Hinsicht war es natürlich das reinste Entzücken. In ihr hatte sich sofort jener Andrang, jener Schwall von Zärtlichkeit, jener Lämmer-, Hasen- und Kleine-Hunde-Affekt erhoben, den die meisten Menschen für das Kleine, das Winzige, das Schutzlose empfinden. So fühlte auch sie sich gewaltig angerührt von diesen vier Kilochen Fleisch, wagte aber in den ersten Tagen kaum, es anzufassen, nahm es nicht in die Arme, aus Angst, es fallen zu lassen. Und dann schlüpften, wie aus der Spinne, die Fäden, spannen sich um sie und das Kind aus ihrem Fleisches-Fleisch, fest, zäh, unzerreißbar, und nicht lange, und sie war eins mit dem Knäblein, kaum anders als Mutter und Kind. Und als der zweite auf die Welt kam, war es dasselbe.

Sie würde nicht anstehen, ein solches Verhältnis ein erotisches zu nennen. Diese kleinen Körper, von Speck so sanft umrundet, diese Zehen, perlförmig aufgereiht am Ende des Fußes, diese Schultern, ach... Die Großmutter umfängt eine dieser kleinen Schultern, dies bedürftige Stückchen Fleisch und Knochen, noch nicht imstande, Lasten zu tragen, sich widerständig zu stemmen, kalt abzuweisen, bedürftig nach einer bergenden Hand – was wird ihr künftig noch wichtig erscheinen, als sich mit dieser Schulter zu befassen?

Oder der eine oder der andere liegt ihr auf dem Schoß und schreit und schreit, und man weiß nicht warum, oder er schreit aus einem Anlaß, der in keinem Verhältnis zu seinem Geschrei steht – und sie streicht ihm das feuchte Haar aus der Stirn, berührt mit zwei Fingern jene Stelle, wo, über eine leichte Einbuchtung hinweg, Wange und Schläfe aneinander stoßen, ein herzzerreißendes Gebilde. Sie stellt sich vor, wie es entstand: in ihrem Bauch die Bausteine für Fleisch, Haut und Knochen ihres Kindes, Anna; und in Annas Bauch, aus ihr, der Großmutter gebildet, die Bausteine für diese Stelle am Kopf des Enkels, sie hat daran mitgewirkt, daß das so ist, wie es ist, so und nicht anders, jeder vierte Kubikmillimeter dieser Stelle stammt von ihr.

Ein Zuwachs an Freude also, an Gelegenheiten, Zärtlichkeit zu äußern, vielleicht auch eines Tages Zärtlichkeit zu empfangen – das war eine Wiederholung der Mutterfreuden, hoch zu veranschlagen. Andererseits das, was man die fehlende Verfügungsgewalt nennen könnte. Die Großmutter hatte sehr bestimmte Vorstellungen davon, wie ein Kind aufwachsen sollte. Die Vorstellungen waren beeinflußt von der Erkenntnis der Maria Montessori, daß »Kinder anders« sind; sie hatte sich danach gerichtet, als sie ihr eigenes Kind, Anna, aufzog. Mit Anna war sie eines Sinnes darin, daß dies Konzept beibehalten werden sollte – im großen und ganzen wohl auch mit dem Vater der Kinder. Aber die allgemeine Linie, über die Einigkeit herrschte, war doch etwas anderes als die vielen verschiedenen Stationen des Tages, die Entscheidungen verlangten. Solche Entscheidungen hatte die Großmutter nicht mehr zu treffen. Das war allein Sache der Eltern. So fand sie sich also aufs heftigste attachiert an ein Wesen, mit dem sie geschehen lassen mußte, was andere bestimmten. Sie darf sich nicht einmischen. Es sind Annas Kinder, nicht die ihrigen...

Aber nun hat sie sich ihr Leben lang eingemischt, diese Großmutter, es war ihr Beruf, sich einzumischen in anderer Leute Angelegenheiten, in Gerichtsurteile, in Schul- und Krankenhausverhältnisse, in Umweltverseuchung und Stadtsanierung, in Hausbesetzungen, Wehrdienstverweigerung, Zöglingsprobleme und Adoptionen, als sie für die Zeitung schrieb. Es fällt ihr schwer, das zu lassen, und es muß gesagt werden, daß sie sich solcher Anforderung nicht immer gewachsen zeigte. Interessiert wie an nichts anderem am Wohlergehen dieser beiden kleinen Personen, muß sie sich zum Desinteresse zwingen, zur Distanz, muß immer wieder den wuchernden Wunsch, hier zum Guten einzugreifen, helfend, heilend, ordnend zu wirken, zurückschneiden und die zu jeglicher Art Beistand nur zu bereiten Hände in die Tasche stecken; muß das besorgte Auge gleichmütig erscheinen, den Mund, schon zu Warn- und Wehrufen geöffnet, ein Liedchen trällern lassen. Sie muß mit sich umgehen wie ein Dressurreiter mit seinem Pferd; mit der Zeit hofft sie, solchen Ansprüchen genügen zu können.

Sie muß auch lernen, im Lauf der Jahre ihre Vorstellungen von guten Sitten und einem »artigen« Betragen in Frage zu stellen. Sie muß immer wieder überlegen, was das denn überhaupt heißt: »artig« und welche Zwänge das Wort den jungen Gemütern auferlegt – ob die frühen Rücksichten, die ihr von ihren Eltern abverlangt wurden und die sie selbst von Anna verlangte, nicht unverhältnismäßige Anforderungen sind, damit die Erwachsenen es bequem haben? Wenn sie so fragt, dann meldet sich zunächst das alteingespielte »Ja – aber«. Rücksichtnahme müsse geübt werden von kleinauf; noch biegsam, müsse der Schößling in die gehörige Richtung gebracht werden. Unausrottbar fast sind diese Schößlings- und Sprößlingsgleichnisse aus der Gärtnerwelt, und es fällt der Großmutter schwer, einer Natur zu vertrauen, die ja auch ohne Gärtnerei manch erfreuliches Ergebnis zustande bringt.

Anna ist denn auch aus solchen Bildern längst ausgestiegen. Für sie sind »artig« und »unartig« keine Kategorien. Ein Kind, sagt sie, ist unglücklich oder glücklich, seine Seele ist heil oder gestört. Die Ursachen des Unglücks, der Störung, muß ich herauszufinden suchen und mein Verhalten danach einrichten. Natürlich kann es immer wieder vorkommen, daß ich durch extreme Äußerungen von Wut irritiert werde – aber der Wut ist mit Befehlen und Verboten ja nicht beizukommen; oft entspringt sie einem Gefühl von Ohnmacht, von Vergeblichkeit. Also muß ich versuchen, Selbstbewußtsein zu stärken, muß Situationen herbeiführen, in denen das Kind seine Stärke erfahren kann.

Die Großmutter muß das Warten lernen. In der Tat wird sie wenige Jahre später erfahren, daß die »ungezogenen«, die »unartigen« Enkel in der Schule hervorragend beurteilt werden bezüglich ihres Sozialverhaltens. Der kriegerische Philipp wird für ritterlich, kameradschaftlich und solidarisch befunden; und Florians ausschweifende Wutanfälle verflüchtigen sich zu Nichts beim Betreten des Klassenzimmers; auch er ist ein gern gesehener Zeitgenosse. Da wird sich die

Großmutter ein wenig schämen ob ihrer Schwarzsehe-
rei, der Tochter Abbitte leisten und mit Trauer bedenken, daß es einen dritten Enkel nicht geben wird, dessen
»schlechte Manieren« sie nun lächelnd ertragen gelernt
hätte.

Eine ganz neue und schwerwiegende Erfahrung in den
ersten Jahren aber war diese: mochte auch mit den
Eltern die schönste Übereinstimmung herrschen über
das, was den Kindern zuträglich ist und was nicht,
wovor sie bewahrt und abgeschirmt werden müssen,
oder was ihnen ungehindert zukommen dürfe aus
ihrer Umwelt, so war damit noch keine Gewähr gegeben dafür, daß das alles sich auch so vollzog. Die
Warenwelt, dies schwarze Ungeheuer, lag auf der
Lauer und trachtete die Kinder zu verschlingen: mit
Hilfe von Autos und anderen Maschinen, mit Plastik-
spielzeug, unzähligem, mit Eis und Süßigkeiten,
deren abenteuerliche Namen die Großmutter sich
unmöglich merken kann, mit Knallpistolen und Gum-
mischwertern, mit Märchen-Schallplatten, mit Fernsehen, mit scheußlich bedruckten T-Shirts – konnte
man denn ein einziges Kinderkleidungsstück erwer-
ben, ohne Donald Duck oder Schweinchen Dick,
einen Frosch, ein Kaninchen, ein Mainzelmännchen,
eine Fußballmannschaftswerbung? Eine solche
Umwelt hatte nicht existiert, als Anna aufwuchs, die
Großmutter hatte damit keinerlei Erfahrung, war
ganz und gar ungeübt, ihr zu begegnen.

Abgesehen von solchen, nicht geringen, Einschränkungen der Großmutterfreuden – das Leben mit
den Kindern war, neben ihrer Arbeit, der zweite
Schwerpunkt ihres Daseins, das von nun an wieder

in einer elliptischen Bahn zog wie zuvor, als sie mit
Anna zusammenlebte.

***

Die Großmutter hat das Leben einer selbständigen Frau
geführt – auch wenn sie Anna zur Welt brachte und
aufzog und mit ihren Eltern bis zu deren Tod zusammenlebte. Sie hat sich, nachdem sie lange nicht wußte, was sie
werden sollte, einem Beruf zugewandt, der eine starke
Anteilnahme am geistigen, politischen und gesellschaftlichen Leben erforderte. Das ist ihr nicht leicht geworden. In ihren jungen Jahren hätte sie nichts lieber getan
als einen Haushalt geführt, gekocht und gebacken und
die Regale mit Eingemachtem gefüllt, gewaschen, gebü-
gelt, genäht, einen Garten bearbeitet und die Wohnung
täglich geordnet zur Freude der Bewohner; sie empfand
großes Vergnügen an solchen Tätigkeiten. Aber es ergab
sich nicht, sie mußte statt dessen denken und lesen und
schreiben und Gespräche führen, mußte sich für öffentli-
che Angelegenheiten interessieren. Sie übte sich in diesen
Notwendigkeiten, gewann auch Freude daran, bekam
schließlich festen Boden unter die Füße.
Wenn sie zu den Enkeln geht, muß sie diesen Boden
verlassen und sich auf einen anderen Boden begeben.
Keine Interessen können verschiedener sein als die der
Großmutter und der Enkel – die wenigen Fälle abge-
rechnet, wo man gemeinsam an einer Blume riecht,
einen Regenwurm betrachtet, barfuß durch den Bach
watet, einen Pferdehals streichelt.
Weder ihr Ärger über die jeweilige Regierung noch ihre
Wut über den Bau des Rhein-Donau-Kanals oder des

Frankfurter Flughafens, noch ihr Groll über Papst und Pille ist den Enkeln zu vermitteln; ebensowenig wie das Entzücken über Verse der Marie-Luise von Kaschnitz, eine Schallplatte des Cherubini-Quartetts, die Aufführung eines Jandl-Stückes. Weder psychologische noch ökologische noch künstlerische Probleme können mit ihnen erörtert werden – und keineswegs die Frage, ob der Reim wiederkehrt in der Dichtung und ob Zärtlichkeit für junge Leute wichtiger wird als Sex. Weder geliebte noch verabscheute große Männer der politischen, der literarischen Szene sind für die Enkel von Interesse. Philipp lebt mit seinen Freunden, mit Pippi Langstrumpf, der Biene Maja, Tarzan, der »Schwarzen Peitsche« und den Muppets. Florian lebt ausschließlich mit sich selbst und der Mama.

Die Großmutter also verläßt ihren Boden, ihr Gehäuse, all ihr Eigenes und begibt sich woandershin, auf einen Boden – zunächst im unmittelbaren Wortsinn, denn das Dasein der Enkel spielt sich ja auf dem Boden ab. Dieser Boden liegt voll von Legosteinen, Blechautos, Bauklötzen, Playmobil-Figuren, Farbstiften, Stofftieren – von Dingen, eher belanglos für die Großmutter, von größter Bedeutung aber für Philipp und Florian.

Die Großmutter muß solche Bedeutungen erraten oder man teilt sie ihr mit. Sie drückt daraufhin Erstaunen und Bewunderung aus, nicht nur für das Hergestellte, noch mehr für die Darstellungen, für die sie das Publikum abgibt. Florian etwa ist ein kleiner Büffel, »gerade erst geboren«, wie er jedesmal beschwörend anmerkt. Er ist ein Fischer mit einem Netz voll unsichtbarer Fische – hat man denn je solche Aale gesehen, von dieser Länge und Dicke? Er ist ein Bauer mit hölzernen Milchkühen und ebensolchen Hühnern, sowohl die Milch wie die Eier, die er liefert, sind von vortrefflicher Qualität, wie die Großmutter feststellen wird. Philipp hingegen ist ein Seehund, der sich hinten hochwirft, ein Affe, der gewaltige Sprünge macht von Ast zu Ast, ein Riese, der Berge wegräumt, Strudel zum Stehen bringt, Bären in mörderischer Umarmung zerdrückt, er ist Tarzan und Captain Future und Superman, immer ein Held, unschlagbar.

Der Großmutter ist zwiespältig zumute bei diesen Spielen. Einerseits hat sie gelesen – und es leuchtet ihr ein –, daß man Kinder nur loben soll für Leistungen, die auch wirklich Lob verdienen; man soll gewiß anspornen durch Lob, aber auf angemessene Weise; Verwöhnung sei in dieser Hinsicht genauso schädlich wie anderswo. Andererseits weiß sie aus eigenen Erfahrungen, daß der Beifall zur Darbietung gehört. Was ist ein Zirkus ohne jubelndes Publikum? Freilich, es macht ihr Unbehagen, daß Philipp fast immer heldische Rollen wählt. Aber sie selbst und Anna – waren sie nicht auch vorwiegend Prinzessinnen gewesen, reiche Fräuleins, künftige Sängerinnen? Der Ausspruch eines jungen Pädagogen, Kinder brauchten die positiven Rollen, um sich selbst zu finden, beruhigt sie. Trotzdem versucht sie hin und wieder, ein »unheldisches« Spiel auf die Beine zu bringen. Aber dann sieht sie das Verlangen in Philipps Augen, doch wieder auf irgendeine Weise den Retter zu spielen, und dann läßt sie die Spielpuppen schnell in Bergnot geraten und von zwei einheimischen Hirtenknaben auf den rechten Weg zurückführen.

Auch das Vorlesen fällt ihr nicht immer leicht. Zwar hat sie schon Vorsorge getroffen mit der Auswahl der

Bücher, die meist von ihr gekauft wurden, daß es ihr auch selber Spaß macht, was sie da zu Gehör bringt. Märchen natürlich mag sie immer lesen, aber an Märchen liegt den Knaben nicht viel – »immer die doofen Märchen!« Märchen hören sie lieber von Schallplatten, von Kassetten, diese schneien von überallher ins Haus. So zittert die Großmutter manchmal vor dem, was gefordert werden könnte an Lektüre, vor all diesen Elefanten-, Bären-, Hasen- und Schweinchengeschichten, von denen sie nichts hält. Und natürlich geht ihr die Freude der Wiederholung ab, diese sehr legitime Freude der Kinder. Nach dem 72. Mal die Babar-Story – da kann sie nur noch mit zusammengebissenen Zähnen die liebe, geduldige, willfährige Großmutter spielen. Es steht zu fürchten, daß die Kinder das merken mit ihren geheimnisvollen Antennen für Stimmungen und Gemütsbefindlichkeiten.

Da sie nicht beständig herumnörgeln will an allem, was ihr nicht gefällt, verordnet sie sich Schweigen, kann das aber nur schwer einhalten. Und macht sie irgendeinem Ärger Luft, dann bereut sie's unverzüglich, möchte Kritik und Besserwisserei zurücknehmen, um sich nicht unbeliebt zu machen.

Es sind Glücksmomente, wenn die Kinder wollen, was sie selbst gern will, wenn ihre Vorschläge auf geneigte Ohren treffen, wenn ihr genug einfällt, um die Kinder zu fesseln und bei Laune zu halten. Manchmal kommt ihr das Absurde der Situation zum Bewußtsein: da hockt sie, in ihrem Beruf eine geschätzte Person, geliebt von vielen Freunden, umgeben von Leuten, die sich glücklich schätzen würden in ihrer Gesellschaft – da hockt sie bei den unwilligen Knaben und zittert, ob sie es ihnen wohl recht machen kann, fühlt sich, als habe sie ein Examen nicht bestanden, wenn es ihr nicht gelingt, die Kinder im Spiel glücklich zu machen.

So nagt jeder Besuch bei den Enkeln an ihrem Selbstbewußtsein. Sie kommt sich klein vor, ungeschickt, wenig brauchbar, zufälligen Bedingungen ausgeliefert, ganz und gar nicht autonom. Hundert Situationen, in denen sie tat, was sie eigentlich nicht wollte, und nicht tat, was sie glaubte, tun zu müssen. Viel zu oft Wünschen nachgegeben, die mit inständigem Verlangen, als hinge Tod und Leben davon ab, geäußert wurden; viel zu selten Wünsche abgeschlagen – aber, gemessen an der Zahl der echten oder vermeintlichen Bedürnisse dieser Kinder, sind die, die unerfüllt bleiben, doch beträchtlich. Oft fährt sie verstört nach Haus und nimmt sich vor, ganz sicher erst nächste Woche wiederzukommen.

Aber anderntags ist sie schon wieder da.

***

Der Großmutter Verhältnis zu Philipp und Florian ist von der unterschiedlichsten Art.

Mit Philipp spielt sie Fußball. Für ihn ist sie eine Art Kumpel, manchmal glaubt er wohl tatsächlich, er könne mit ihr durch dick und dünn gehen, bei anderer Gelegenheit wieder meint er geringschätzig, das hier, das könne sie nicht, dazu sei sie zu alt. Unbestritten hingegen akzeptiert er sie als sein Publikum in den Rollenspielen, die ihm das liebste sind; in denen er ein Prinz, ein Indianer, ein Sheriff, ein Neger, ein Cowboy, ein Pirat ist (je nach Kopfbedeckung und Bewaffnung, je nachdem, welches Badetuch er sich wie am Leibe befestigt hat).

Florian, zu aller Erstaunen mit blonden Locken ausgestattet in dieser vorwiegend glatthaarigen Familie, hat eine starke Neigung für Maschinen, Autos insbesondere. Als er eben laufen lernte, vorbeiwackelte an den parkenden Autos am Straßenrand, strich er mit seinen Händchen voller Zärtlichkeit über das Blech. Keine größere Freude konnte ihm bereitet werden, als wenn man die Motorhaube öffnete und ihn die schwarze, stinkende Maschine sehen ließ. Der Anblick flößte ihm schauderndes Entzücken ein. »Autu«, sagte er hingerissen, fast noch ehe er Mama oder Papa sagen konnte. Dementsprechend haben sich die diversesten Fahrzeuge aus Holz, Blech und Plastik in seiner Schublade eingefunden, dazu ein Kran, ein Gabelstapler, ein Bagger, ein Trecker nebst Anhänger, lauter Gerät, das die Großmutter kaum voneinander unterscheiden kann. Florian schüttelt den Kopf darüber, daß er sie da immer wieder belehren muß. Er werkelt gern für sich allein mit diesem Zeug, dreht Räder, zieht an Schnüren, drückt auf Schalter, lädt Lasten auf und ab – lauter dürre Beschäftigungen, findet die Großmutter, aber natürlich stört sie ihn nicht dabei.

Wenn er sie ausdrücklich bittet, mit ihm zu spielen, dann holt sie die Waage vom Schrank, eine Waage mit aufgehängten Schalen und acht Gewichtsteinen, für teures Geld von ihr erstanden. Denn ihr war viel daran gelegen, die Kinder mit einer Waage spielen zu lassen, des Symbolcharakters wegen und weil sie glaubte, die Tätigkeit des Ausbalancierens mit den Gewichtsteinen müsse sich aufs Innere schlagen und von wohltätiger

Wirkung sein. Vorstellungen von Justitia und der Waage der Gerechtigkeit hatten wohl auch zu dem Kauf beigetragen.

Sie holt also die Waage hervor, faltet ein paar Tütchen aus Zeitungspapier und füllt sie mit Zucker und Mehl, mit Kakao und Haferflocken, wiegt hier zehn Gramm und da zwanzig, ein friedliches Spiel, solange sie selbst die Tütchen füllt. Aber nach einer Weile will Florian das machen, und dann gibt es eine Sauerei, und obwohl die Großmutter natürlich wohlerzogen genug ist, Sauereien mit Gleichmut hinzunehmen, kommt das Wiegen nicht mehr richtig in Gang. Dann stellen sie die Puppenstube auf, aus Pappe, aufklappbar, das Heim der Hoppeditze.

Aus der guten alten Zeit von der Großmutter in den Haushalt eingebracht, sind die Hoppeditze (ein Wort aus dem Sprachschatz der Ur-Urgroßmutter), fingerlange Holzpüppchen, kegelförmig, Vater, Mutter und Kinder, unterschiedlicher Größe. Sie sind das bevorzugte Personal für die ausgedachten Spiele, von denen die Enkel nicht genug bekommen können. Die Hoppeditze gehen auf Reisen, in den Zirkus, in eine Auto-Ausstellung, auf die Kirmes, zu einem Bauernhof, in den Zoo, in die Wildnis, wo sie Begegnungen mit Räubern und Drachen zu bestehen haben. Zu diesen Spielen gehören lauter Szenerien, die umständlich und langwierig aufgebaut werden.

Mehr und mehr aber wurden die Hoppeditze im Lauf der Zeit zum bloßen Publikum für Philipps Darbietungen. Sie stehen am Fenster und langweilen sich – und dann erscheint vor ihren Augen eine ungeheuer spektakuläre Gestalt: oft eilt sie durch die Luft herbei, kommt herangeschnaubt auf hölzernem Rosse, schleicht, bis an die Zähne bewaffnet, um die Ecke und springt als zähnefletschendes Raubtier vom Ast eines Baumes – die Hoppeditze haben dann Gebührendes von sich zu geben an Angst, Schrecken und Staunen und unmäßigem Beifall; andernfalls kann es geschehen, daß der Akteur das Spiel aufkündigt und die verblüffte Großmutter auf das Unflätigste beschimpft!

Manchmal spielen sie auch ganz einfach einen Hoppeditz-Tag von morgens bis abends mit allen Mahlzeiten, wobei es für Florian wichtig ist, daß in die Becherchen ein Tropfen Saft, auf die Tellerchen ein paar Brotkrümel kommen, eine kleine Kerze angezündet wird. Ihm macht es (wirklich oder scheinbar?) nichts aus, wenn bei den Hoppeditzen ein Unfall passiert, ein Fenstersturz, der den Notarztwagen erforderlich macht, eine Verbrennung, ein Streit. Philipp hingegen gerät bei derartigen Unfällen, auch wenn sie gut ausgehen, außer sich und fordert, daß das Spiel auf der Stelle abgebrochen wird. Einzig Diebstahl und nächtlicher Einbruch werden hingenommen, mit gewisser Befriedigung sogar. Im Gefolge dieser Dieb- und Räuberspiele lernen die Kinder – und die Großmutter bemerkt es mit Befriedigung – die Grundregeln des Rechtswesens: die Anzeige, die Suche nach dem Täter, seine Festnahme, oft mit Hilfe eines Spürhundes, Inhaftierung, den Ausschluß von Selbstjustiz durch Erschießen, Erwürgen, Zertreten, Verbrennen und Ertränken (es sei denn in Notwehr) – lauter von Philipp zunächst vorgesehene Racheakte am Täter; schließlich das Gerichtsverfahren, Anklage und Verteidigung und das Urteil, Schuld- oder Freispruch – wobei die Großmutter immer darauf bedacht war, es an mildernden Umständen nicht fehlen zu lassen.

Wenn Philipp anwesend ist, wird die Puppenstube als Aktionsbereich bald verlassen. Ferne Landschaften werden aufgesucht, eine Wüste zum Beispiel, in der die Hoppeditze, um ein Haar den Dursttod gestorben, nach Schätzen graben; ein Ozean mit Eisbergen (Bettücher, über Stühle gehängt), ein Urwald, aus sämtlichen vorhandenen Topfpflanzen hergestellt, mit Panthern, Löwen, Affen, Schlangen, Krokodilen und Paradiesvögeln bevölkert, die die malkundige Anna aus festem Papier meisterhaft anfertigte; eine Mondlandschaft – hier muß die Großmutter das Lexikon zu Hilfe nehmen, ihre Ortskenntnis ist da beklagenswert gering.

Alles dies hatte sie begonnen in naiver Spielfreude und Fabulierlust. Erst später merkte sie, daß da die Kenntnis sowohl gesellschaftlicher als auch geographischer Verhältnisse spielend erlangt wurde; da freute sie sich. Schließlich wurde dann auch die schwierige und gefährliche Kunst des Rollenspiels, die ja menschlichen Umgang miteinander erst ermöglicht, im Spiel vermittelt. Zuerst war es die Großmutter allein, die die verschiedenen Stimmen der Hoppeditze, Vater, Mutter und Kinder, übernahm. Ganz allmählich lernten erst Philipp und entsprechend später auch Florian, sich zu spalten: Philipp war Philipp, zugleich der Älteste der Hoppeditz-Kinder; Forian war Florian, zugleich der Jüngste der Familie. Die Großmutter hat den Augenblick, da diese Spaltung zum erstenmal geschah, sehr bewußt und mit großer Freude erlebt: dies Heraustreten des Individuums aus sich selber, dies Hineingehen in eine andere Person, dies Erraten, wie wohl die andere

Person sich verhalten, was sie denken und sagen würde, dies Schaukelspiel zwischen Ich und Du, was den Liebenden Seligkeit, den Partnern Hilfe zu ihren gemeinsamen Zielen, den Gegnern die Möglichkeit bietet, aus der Entzweiung wieder zur Einigkeit zu gelangen. In der Unterprima hat die Großmutter Schillers *Briefe zur ästhetischen Erziehung des Menschgeschlechts* gelesen. Sie behielt nicht viel davon im Gedächtnis. Wie aber das Spiel, insbesondere das Rollenspiel, zur Humanisierung der Gesellschaft und jeglicher gesellschaftlichen Beziehung beitragen kann, das war im Spiel mit den Hoppeditzen deutlich erkennbar und erfüllte sie mit Glück.

***

Es stand fest: wenig Spielzeug, Waffen schon überhaupt nicht, und auf keinen Fall Pistolen, kein weißer Zucker, kein weißes Mehl, keine mechanische Musik, kein Fernsehen. Das war das Programm.

Vier Jahre später quillt das Spielzeug aus den Regalen, ausgesucht Gutes, möglichst Holz, aber mehr noch Plunder und Schnickschnack, Schlümpfe und Monchichis nicht ausgenommen, Waffen aller Art, von Pfeil und Bogen bis zur Flinte, und Knallpistolen jede Menge. Und wenn sich auch im Schrankfach nur Süßigkeiten aus dem Reformhaus befinden — beinah jeder Erwachsene, dem die Kinder begegnen, steckt ihnen etwas zu. Bei den Nachbarn gibt es Märchenplatten und Kassetten, davon wird reichlich Gebrauch gemacht. Auch das Fernsehen finden sie dort vor.

Die Großmutter, die geglaubt hatte, mit ihren Liedern und Tänzen, ihren Singe-Spielen, dem Kasperle-Theater und unermüdlichen Vorlesen könne sie Dämme und Schranken errichten vor dem Andrang der Unterhaltungsflut von draußen, sieht sich hilflos und unverrichteter Dinge. Wie sehr hatte sie gehofft, die beiden Enkel, würden sowohl von den läppischen Zeichentricks wie von den Manipulationskünsten der Reklame noch nichts zu Gesicht bekommen. Kinderfilme, die, wie die Biene Maja, die Sesamstraße und die Muppetshow, mit dem Mittel der Karikatur arbeiten, konnten ihrem Gemüt nicht förderlich sein; die geschaffene Welt, Menschen und Tiere insbesondere, sollte ihnen nicht in der Verzerrung begegnen. Die Großmutter erinnert sich an das Erlebnis ihrer Lektüre der *Biene Maja* – was für Bilder waren da in ihrer Fantasie entstanden! Das bloße Wort gibt ja einen leisen Anstoß und versetzt damit die bilderschaffende Kraft, die kostbarste, die wir haben, in Schwingungen. Und so wie eine Reihe nebeneinander aufgehängter Kugeln, stößt man nur die erste an, eine nach der anderen ausschlagen und damit den Anstoß weitergeben, so machen es auch die Worte im kindlichen Geist auf eine leise, behutsame Weise – im Gegensatz zur barbarischen Grobheit der Fernsehbilder, noch dazu meist in Farben, die den Farbensinn morden. Nun aber erst die Inhalte: Wildwest-, Wikinger-, Urwald- und Weltraumabenteuer, in denen es nicht hoch genug hergehen kann, wo sie schlagen und stechen und schießen, sich zu Tode fallen, ertrinken, verbrennen. Die Großmutter, nicht gerade hinterm Wald zu Hause, kennt natürlich die einschlägigen Theorien: beim Anschauen solcher Aggressionen verliere sich Aggression, werde abgeleitet wie der Blitz vom Stab auf dem Dach. Aber sie weiß auch, daß diese Theorie von vielen bezweifelt wird, daß es sehr wohl Fachleute gibt, die die jugendliche Kriminalität den Rohheiten auf dem Bildschirm zuschreiben – wer will denn nun wissen, was da stimmt?

Mit den Waffen in Kinderhand verhält es sich ja ähnlich. Viele halten sie für nützlich, weil sie angeblich Aggressivität verringern sollen; wenn man den Kindern Gewehr und Pistole und Messer versage, dann nähmen sie eben Stöcke, um damit aufeinander loszugehen. Ja, wahrhaftig, die Großmutter hat es selbst erlebt, daß dem Philipp ein Grashalm in der Hand zur Waffe wurde, mit der er einen eingebildeten Gegner erstach! So kann man den Vorschlag, Angriffslust möge sich für eine Weile austoben mit Hilfe von Waffen, wohl nicht ganz von der Hand weisen. Es scheint auch das Bedürfnis danach aus Tiefen aufzusteigen, die für die Großmutter nicht betretbar sind. Für jeden Gang in den Wald glaubt Philipp sich bewaffnen zu müssen – vielleicht fühlt er sich wirklich von allen Seiten bedroht in dieser Phase seines Lebens, dem Mutterschoß zwar entwachsen, aber doch noch keineswegs eingemeindet in Beziehungen, die ihm helfen, sein Leben zu bestehen. Florian hat es da einfacher. Sein Griff nach der Waffe ist die reine Nachahmung, man muß nicht fürchten, es ginge dabei um sein Leben.

Natürlich ist der Krieger Philipp in Wirklichkeit ein Pazifist wie seine Eltern und seine Großmütter. Wenn er seinen Großonkel anschaut, der in Rußland einen Arm verlor, dann seufzt er tief, gibt sein Mitgefühl für den Versehrten zu erkennen und findet es Mist, daß die

Völker gegeneinander Krieg führen. Nein, er ist überhaupt nicht für Krieg. »Ich ziele ja nie auf Menschen, auch nicht im Spiel«, sagt er, aber manchmal tut er es doch. Bemerkenswert willfährig aber ließ er es zu, daß wir bei einer Aktion der Pfadfinder einige Pistolen gegen einen Legobaukasten umtauschten. So ist noch nicht alles verloren. Trotzdem gibt die Großmutter des öfteren der Versuchung nach, sämtliche Waffen in der untersten Tiefe der Spielzeugtruhe verschwinden zu lassen. Wegwerfen tut sie keine. Sie übt sich, in dieser Hinsicht loyal zu sein.

Weil das Kind Anna sich aus Süßigkeiten nicht viel gemacht hatte, ist der Hunger danach, den die Enkel an den Tag legen, für die Großmutter bestürzend; damit wird sie kaum fertig. Sie würden sich von Eis, Keks und Bonbons glatt ernähren können, und der Modellversuch, wonach Kinder nach einer gewissen Zeit des Einpendelns die für sie zuträgliche Nahrung von selber wählen, hätte bei Philipp und Florian gewiß ein anderes Ergebnis. Anna versucht, das Ärgste zu verhüten, und findet sich ab mit den Mehrausgaben für Süßes aus dem Reformhaus.

Waffen, Süßigkeiten, Fernsehen – Einflüsse aus der Umwelt, vor denen die Familie mehr oder weniger kapituliert. Die Fülle der Spielsachen hingegen müßte nicht sein: hier könnten Wünsche wahrscheinlich ohne Schaden unerfüllt bleiben. Meint die Großmutter. Aber Anna ist da anderer Ansicht. Sie hat ihre Erfahrungen mit Menschen, denen aus unerfüllten Wünschen tiefe Verwundungen entstanden oder eine übermäßige Begehrlichkeit, die kaum zu stillen ist. Nicht jeder, so hat sie erlebt, wird stark durch Verzicht, wird vielmehr süchtig nach dem vergeblich Begehrten; das will sie unter allen Umständen verhindern – zumal die Knaben ja nicht auf Kostspieliges aus sind, sondern auf unschuldigen Plastiktand, so wie ihn die ins Haus flatternden Kataloge tausendfältig anbieten.

Es wird möglichst vermieden, Philipp und Florian mit in die Stadt zu nehmen – damit sie keine Schaufenster sehen. Aber manchmal geht es nicht anders, wenn Jacke oder Hose oder Schuhe anzumessen sind – auch die Großmutter kann dem Ansturm der Wünsche kaum standhalten, auch sie ist ja nicht die Festeste, weit entfernt ist sie von des Sokrates' optimistischer Lehre, daß, wer die rechte Einsicht habe, auch das Rechte zu tun imstande sei. Nirgendwo spürt sie deutlicher die Ohnmacht, die ihr zum Gemütszustand geworden ist. Und wenn sie je vom Spielzeug träumen würde, dann erschiene es ihr wohl in der Gestalt einer gewaltigen schwarzen Heuschreckenwolke, die den Himmel verdunkelt.

Sie preist den Sommer, in dem das Zeug an Bedeutung verliert, wo Sandkasten- und Planschbeckenspiele, Rollschuhlaufen und Radfahren den Vorrang haben. Manchmal sind sie unterwegs, ganz ohne »Zeug«, im Wald, am Wasser. Dann kann man Florian auf einem Tempotaschentuch, über einen Baumstumpf gebreitet, sitzen sehen, er ist eine Königin, die dem vor ihr knienden Naturforscher und seinem Gehilfen die Erlaubnis erteilt, ihr Reich zu durchreisen. Dabei stoßen sie auf Alligatoren und Krokodile, auf Panther und Büffel und eine Bärenhöhle am andern Ufer des Bachlaufs, gottlob, der Bär schläft und rührt sich nicht. Eine Schlange hat sich um einen Baumstamm geschlungen, der Gehilfe erdolcht und erschießt und steinigt sie, beklommen schaut die Königin zu, sie ist nicht ganz sicher, ob es sich da wirklich nur um einen Wulst aus Rinde handelt.

Dann verlangt die Königin harte Mutproben vom Gehilfen: den Bach zu überqueren, kriechend auf einem Baumstamm einen Adlerhorst auszumachen hoch oben im Gipfel; einen steilen Hang hinunterzurutschen und ihr einen funkelnden Stein nach oben zu bringen, wo sie ihn huldvoll in Empfang nimmt. Ein anderes Mal sind sie Indianer oder Räuber, die eine Postkutsche überfallen – wenn solche Spiele gelingen, dann verliert die Großmutter dies fürchterliche Gefühl der Ohnmacht, das die Sachwelt ihr einflößt, fühlt sich frei und mächtig im unbegrenzten Reich der Phantasie und fährt befriedigt nach Hause. Waren nicht auch die Kinder glücklich? Am nächsten Tag wiederholt sie ihr Angebot, in den Wald, an den Bach zu gehen. Aber statt jubelnder Zustimmung erntet sie nur müde Unlust; heute wollen sie nicht.

»Aber es war doch gestern schön?« »Nö!«, sagt Philipp und macht ein mürrisches Gesicht. Dann möchte die Großmutter auf der Stelle kehrtmachen und diese launenhaften Knaben sich selbst überlassen. Aber natürlich bleibt sie trotzdem.

Anna sagt: »Warum ärgerst du dich? Für Kinder ist gestern gestern. Heute hatten sie vielleicht etwas anderes im Sinn.«

***

Florian mit Nahrung zu versorgen, ist ein überaus heikles Beginnen. Nicht weniger heikel ist es, ihn zu bekleiden. Unmöglich, ihm eine Jacke mit Reißverschluß anzuziehen, Reißverschlüsse sind ihm zuwider, auch bei Erwachsenen. Das schöne Morgengewand seiner Mutter will er, des Reißverschlusses halber, an ihr nicht sehen, wendet sich schaudernd ab, wenn sie es trägt, wirft auch mit verbalen Schmähungen um sich, wenn sie sich nicht auf der Stelle umkleidet. Er selbst geht am liebsten nackt, auch im Winter, es ist Schwerarbeit, ihn wenigstens in ein Hemd, eine Strumpfhose zu bringen. Die unerläßlichen Teile einer normalen Garderobe sind ihm fremd, er nimmt davon keine Notiz. Das mag im Sommer noch hingehen. Wintertags hingegen denkt jeder nur mit Schrecken an die Umstände, die es bereiten wird, Florian zum Ausgehen fertig zu machen. Manche Unternehmung scheiterte an dem Widerstand, kundgetan mit Geschrei und Gestrampel, der die Erwachsenen lähmte und kampfunfähig machte. Schon im zweiten Jahr läuft er draußen mit einem Poncho, Mitbringsel aus Ecuador, durch dessen Armlöcher es mächtig zieht und der an frostigen Tagen natürlich viel zu kalt ist. Aber bei dem von allen Bezugspersonen vertretenen Prinzip der gewaltlosen Erziehung unternimmt man es nur im äußersten Notfall, ihn in ein wärmeres Kleidungsstück unter Einsatz körperlicher Überlegenheit zu zwängen.

Keine praktischen Latzhosen für den Florian. Die lehnt er, ebenso wie Reißverschlüsse, ab. So klafft dem noch taillenlosen Knaben beständig eine Lücke zwischen Pullover und Hose, vorne und hinten füllt ein Hemdenzipfel, manchmal auch die nackte Haut, die Lücke aus.

Und was die Pullover betrifft, so folgt er auch hier einer ziemlich undurchschaubaren Geschmacksrichtung. Ein Strickwerk, mit dem sich seine Mutter, nach genauer Erkundung und Absprache, seine Farb- und Musterwünsche betreffend, lange beschäftigt hatte, wies er, als es fertig war, mit Abscheu von sich.

Er ist auch schon im Schlafanzug in der Stadt gesehen worden, seine Mutter nahm keinen Anstoß daran, aber für die Großmutter war es eine Art Spießrutenlaufen. Sie empfindet, seitdem sie älter geworden ist, große Scheu davor, durch Kleidung Aufsehen zu erregen. Hätte man ihr das nicht ersparen können? Gleichzeitig schalt sie sich wegen dieser Scheu, fand es albern, sich von der öffentlichen Meinung so ins Bockshorn jagen zu lassen, trottete schließlich tapfer mit, ohne ihres Unbehagens Erwähnung zu tun – allerdings gelang es ihr dabei nicht, Annas vergnügte Unbekümmertheit zu teilen.

Vergeblich grübelt die Großmutter über das Problem nach, wie man denn Kinder dazu bringen könne, zu tun, was »man« tut, und zu unterlassen, was »man« nicht tut. Zwar bemüht sie sich selbst, wenig darum zu geben, »was die Leute sagen«. Aber da gibt es doch Grenzen. Sie hält es für weise, sich nicht anzupassen, wo Widerstand zu fordern ist, in den großen Angelegenheiten der Bürger; daß Anpassung aber ratsam ist in den praktischen Lebensvollzügen, in den Sitten, im äußeren Erscheinungsbild, wo sie eine gewisse Unauffälligkeit gewährt, hinter der dann notwendiger Widerstand um so besser gelingt. Herausforderungen durch ein unbürgerliches Betragen zahlen sich eigentlich nicht aus, meint die Großmutter.

Anna stimmt dem zu. Aber keine von beiden weiß einen

Weg, den Kindern diese Erkenntnis nahe zu bringen. Wie es denn überhaupt der Großmutter trübe Erfahrung ist, daß es keine Worte gibt, die Kinder zu etwas zu bringen, was sie nicht wollen. Die festen Gerüste von Sitte und Brauch wollen sich nicht mehr aufrichten lassen. Trotzdem würden weder Mutter noch Großmutter jemals dazu übergehen, sich auf Lohnen oder Strafen einzulassen. Auf Strafen schon gar nicht.

Die Abneigung gegen Lohnen und Strafen liegt der Großmutter im Blut. Sie hat eine Abneigung dagegen, daß es Lohn und Strafe unter Liebenden geben soll, glaubt auch nicht an die große Abrechnung, die, gemäß dem Glauben ihrer Kirche, am Jüngsten Tag stattfinden soll. Allenfalls werden sich dann Konsequenzen aus den gelebten Tagen ergeben. Wer es nicht anstrebte, bei Ihm zu sein, der wird es vielleicht auch nicht sein, obwohl es unwahrscheinlich ist, daß Er es aushält, jemanden nicht bei Sich sein zu lassen.

Die Großmutter also meint, daß ein Blick, ein Lächeln, eine Umarmung, die ausdrücken, wie sehr sich einer über des anderen Tun oder Lassen gefreut hat, genügen müßten, ein Wohlverhalten erstrebenswert zu machen; es erübrige sich, dies durch ein Zweimarkstück, ein Eishörnchen oder ein Kaugummi zu bekräftigen. Geschenke sind gratis, umsonst, unverdient, das ist ihr Charakter, sie sollten nicht zur Belohnung degradiert werden.

Und Strafe hinwiederum, als Entzug oder als etwas Auferlegtes, kann schlecht von einer Person vollzogen werden, die auch im juristischen Bereich nicht an Strafe als Mittel zur Abschreckung oder zur Besserung glaubt. Wer bin ich, daß ich strafen dürfte? Wer sind die

Erwachsenen, daß sie Kinder bestrafen dürfen? Die Erwachsenen, so verdorben, verlogen, heuchlerisch, gierig, ränkereich… Nicht einmal Drohungen möchte die Großmutter je aussprechen, um Kinder zu dem zu bringen, was sie tun sollen. Dieses »Wenn du nicht – dann…« ist ihr in der Seele zuwider, ganz abgesehen davon, daß derartige Drohungen meist nicht eingehalten werden. Sie weiß nichts anderes als unablässige Geduld, unablässiges Bitten, unablässiges Vormachen dessen, was sein soll, Waschen, Zähneputzen und Kämmen, sich anziehen, frühstücken, Guten Tag und Auf Wiedersehen, Bitte und Danke sagen, Pünktlichkeit üben, die Versagung von Wünschen ohne Geschrei ertragen, die guten Gefühle nicht weniger äußern als die schlimmen, die täglichen und die außerordentlichen Gaben mit Dankbarkeit annehmen und den anderen gelten und zu seinem Recht kommen lassen.

***

Nie wird die Großmutter den Augenblick vergessen: Sie saß auf der Bank, Philipp spielte im Sandkasten, wo auch andere Kinder waren. Er griff nach einem herumliegenden Eimerchen, schwenkte es glückselig in der Luft. Da kam eine schnelle, zornige Hand und entriß ihm den Eimer, und der Mund eines etwas älteren Jungen, der zur Hand gehörte, schrie: »Gib her! Das ist *mein* Eimer!« Philipp stand erstarrt. Unverständnis drückte sich aus von Kopf bis Fuß, am meisten in seinen Augen, in denen Trauer aufstieg, ihr Blau verdunkelnd und trübend. Es war seine Begegnung mit dem Sündenfall.

Mein Eimer!

Aus dem Zusammenhang aller Dinge und Wesen, in dem er sich bis dahin befunden hatte, aus einem freundlichen Gewebe, innerhalb dessen er seine kleinen Aktionen vollzog, viele gestattet, manche verboten, liebevoll verboten, ragte nun feindlich dieses Wort »mein«. Es zeigte den Besitz an, zeigte an, daß man eine Sache herausreißen, absondern konnte aus dem Allgemeinen – dann war sie für Philipp nicht mehr zugänglich, mit ihr umzugehen, war ihm verwehrt.

Es war mit Worten nicht zu erklären, was das heißt: Mein Eimer! Trotzdem begriff er es schnell, und es dauerte nicht lange, so hatte er gelernt, ebenfalls »mein Eimer« zu sagen und diesen Eimer gegen jeden Versuch eines Übergriffs zu verteidigen.

Er war dem Eigentum begegnet und dem »Haben«, seine Eltern und seine Großmütter waren von nun an in der schwierigen Lage, ihn den Umgang mit diesen Begriffen zu lehren, was hieß: sie einerseits zu respektieren, weil man sonst verloren war in dieser Welt, andererseits sie geringzuschätzen, ja, sie zu verachten, weil man sonst verloren war für die kommende Welt, in der das »Sein« vor dem »Haben« stehen mußte – sonst würde es eine kommende Welt nicht mehr geben. Philipp – und später auch Florian – muß lernen, daß man dem Stefan nicht sein Stück Kuchen vom Teller nehmen darf, weil es sein, des Stefans Stück Kuchen ist. Er muß aber auch lernen, »sein« Stück Kuchen zu verschenken, wenn er darum gebeten wurde, ja, auch anzubieten davon, auf die Gefahr hin, daß das Angebot angenommen wurde. Philipp lernt. Er lernt das eine wie das andere. Er bringt seine Großmutter in die schwierige Lage, dem Verschenken eines sehr kostbaren Bilderbuches zuzustimmen, in dessen Besitz sie ihn gerne weiß – aber sie sagt B, wo sie A gesagt hatte. Salomonisch verhält sich die Mutter, als Philipp sich entschließt, der Susi zum Geburtstag sein prachtvolles Schaukelpferd zu schenken, das eigentlich für den heranwachsenden Florian bestimmt gewesen wäre. Die Mutter schlägt vor, es der Susi für ein Jahr zu schenken – danach würde es an Florian zurückgeschenkt werden. Mit Bändern geschmückt und unter großer Beteiligung der Nachbarschaft ziehen sie das Schaukelpferd über die Straße zu Susis Wohnung; alle sind sehr befriedigt. Susi wird das Schaukelpferd »haben«, aber nicht für immer. So ist dem Begriff eine gewisse Flexibilität beigemischt, die ihm wohl bekommt, von seinem Beton- und Stahlcharakter hat er etwas verloren.

Die Großmutter versteht, daß »Haben« für ein junges, beginnendes Leben von größerer Bedeutung, von höherem Wert sein muß als für das ihrige, das zu Ende geht. Die armen kleinen Tröpfe! Die Freuden des »Seins« sind ihnen ja noch verschlossen, versiegelte Bücher. Ihnen kann man nicht mit einem Sonnenuntergang kommen, mit dem Anblick des Meeres in grauer Frühe, einem Berghang im Mittagsglanz, einem Divertimento von Mozart, einem Gespräch unter Freunden, einer atemraubenden Erkenntnis der Naturwissenschaften, der leibhaftigen Begegnung mit einem erhabenen Geist – dafür sind sie noch blind und taub. Außer der Zuwendung ihrer Lieben haben sie ja noch nichts, was ihnen Halt gibt in der fremden Welt als die vertrauten Sachen und unter denen besonders solche, die sie ihr eigen nennen dürfen. Zum Teddy zu sagen: »Das ist mein

Teddy!« macht, daß er besser beim Einschlafen hilft, als wenn es irgendein Teddy wäre.

Sie stützen sich in ihrem noch schwankenden Gang auf irgendeinen Gegenstand, nichts weiter ist daran – aber er ist »mein«, das stärkt und macht den Gang sicher. Sie greifen mit ihren tastenden Händen und fassen ein paar Murmeln, schöne – aber was ist schon an ein paar Murmeln? »Meine Murmeln!« sagt Florian und schließt seine Finger um das Besitztum – sein Ich plus Murmeln – das ist nahezu unschlagbar.

Das sieht die Großmutter ein und deutelt nicht daran. Aber sie ist doch darauf bedacht, gelegentlich auf die Sozialbindung des Eigentums hinzuweisen. Allzugern sagt der Philipp: »Das gehört mir, und was mir gehört, damit kann ich machen, was ich will.« Die Großmutter sagt Nein. Erstens soll »es« (das Spielzeug, das Kleidungsstück) möglichst heil an den Florian oder an ein anderes Kind vererbt werden. Zweitens ist »es« eine Sache zum Ansehen, zum Anfühlen, auch andere sehen und fühlen es gerne. Drittens ist Zerstörung immer etwas Schlimmes (auf die vertrackten Fälle, wo Zerstörung etwas Positives bewirkt, läßt sich die Großmutter jetzt noch nicht ein!), der Besitz einer Sache gibt nicht das Recht, sie zu zerstören, weil an den meisten Sachen viele Anteil haben. Von Fall zu Fall versucht die Großmutter, das zu erläutern, aber sie ist sich nicht sicher, ob sie damit Erfolg hat.

***

Die Großmutter denkt, es müßte schön sein, mit den Kindern ein Brot zu backen. Darum besorgt sie sich etwas Sauerteig von ihrem Bäcker, nach langem Palaver gibt er den her. Es ist, zugegeben, eine recht unappetitliche, klebrige Masse, die in Philipp und Florian Widerwillen erregt. Sie halten sich die Nase zu und wollen das nicht anfassen.

Dann fahren sie zusammen zur Wassermühle, die sie vor kurzem auf einem Spaziergang entdeckt hatten, eine Wassermühle mit Mühlrad. O Wunder, es drehte sich, als sie zum erstenmal hinkamen. Sie standen über dem Schlund, über dem es aufgehängt war, sahen das Wasser aus dem Kasten geschossen kommen und über die Schaufeln stürzen und hörten es rauschen und ächzen – hingerissen die Kinder, hingerissen die Großmutter, daß da noch etwas war wie zu Urzeiten. Ein Mühlrad, hundertmal bedichtet und besungen, eine der wunderbarsten Erfindungen des Menschen: das Wasser dreht das Rad, das Rad die Steine... Ja, sie sahen auch die-Steine-selbst-so-schwer-sie-sind, der Müller erlaubte einen Blick in den Mahlraum, die Kinder waren angerührt von dem bedeutenden Vorgang. Auch die Müllerin war freundlich: wenn sie wollten, könnten sie wiederkommen und frischgemahlenes Roggenschrot mitnehmen, und das Rezept für ein Brot gab sie noch obendrein.

So lassen sie sich heute also einen Sack füllen mit feingeschrotetem Mehl (fein, sagt die Müllerin, ist besser für den ersten Versuch). Zu Hause holen sie die Waage und wiegen hundertgrammweise, einen Pappbecher auf die kleine Waagschale gestellt, die gehörigen Mengen von Mehl und Wasser und geben sie zum Sauerteig. Dann darf Florian die Masse rühren – aber das wird er bald leid, die Großmutter muß weiterrühren. Dann deckt sie ein Tuch über die Schüssel und stellt diese an die Heizung – bis zum anderen Tag. Nach vierundzwanzig Stunden mehr Mehl, mehr Wasser und etwas Salz – nun kann Florian die Masse kneten. Aber er mag nicht. Der an seinen Fingern haftende Teig ist ihm unangenehm, alle zehn streckt er von sich, unglücklich. Er guckt lieber zu, wie die Großmutter knetet, klopft und formt, will aber gern mit dem Messer die Schnitte machen auf dem Rücken des fertigen Laibes.

Was die Großmutter kaum zu hoffen gewagt hatte – wie konnte sie sich auch zutrauen, so mir nichts, dir nichts ein Sauerteigbrot zustande zu bringen – das Brot ist gelungen.

Florian probiert es, verzieht den Mund und sagt Bäh. Philipp probiert es, ißt zwei Bissen, läßt den Rest liegen.

Die Großmutter lernt: für die Kinder ist ein Brot nichts als etwas, was schmeckt oder nicht. Alles »Darüberhinaus« ist für sie nicht vorhanden. Für sie hat Brot weder eine Geschichte noch eine Bedeutung. Es ist eine nackte Tatsache. Die Großmutter muß sich abgewöhnen, Erwartungen irgendwelcher Art erfüllt zu sehen. Nichts erwarten. Warten können.

***

Die Großmutter hatte geglaubt, sie könne mit den Herbstspielen, die Anna erfreut hatten, auch die Enkel ergötzen. Aber solche bescheidene Vergnügungen locken diese Kinder nicht mehr, das gelang nur in den allerersten Jahren. Kastanienmännchen bauen mit Streichhölzern oder Zahnstochern und Tiere aus Hagebutten, Berberitzen und Schlehen, aus Eicheln und Zapfen; Pilze und Brombeeren suchen, die weißen Bällchen der Schneebeere pflücken und am Boden zerknallen lassen, bunte Blätter sammeln und aufkleben – für das alles bringen Philipp, der Krieger, und Florian, der Ingenieur, nur noch ein geringes Interesse auf. Allenfalls macht es ihnen Spaß, die Schoten des Springkrauts zum Platzen zu bringen und daraus die Spirale hervorschnellen zu sehen, wieder und wieder, sich mit Kletten zu bewerfen und den Drachen steigen zu lassen. Warum grämt sie sich darum? Sie sind nun einmal Kinder ihrer Zeit, die auf Straßen und Plätzen, in Zelten und Hallen und Vergnügungsparks viel mächtigere Reize erfahren als durch die anspruchslosen Gaben des Waldes.

Phantasialand zum Beispiel, besucht zu Florians Geburtstag, was für ein Hammer! Im Floß stürzten sie sich einen Wasserfall herunter, in der Gondel fuhren sie ins Drachenmaul ein und erlebten in finsteren Grotten Tausendundeine Nacht, den Sultanspalast, den Markt der Händler und einige von Sindbads ungeheuren Abenteuern. Mit dem Wikingerschiff fuhren sie an plötzlich auftauchenden Krokodilen und Nilpferden, an den aufregendsten Uferszenerien entlang, besuchten Western-City, China-Town und ein marokkanisches Café, stiegen zum Schluß mit der Schwebebahn in die Lüfte. Zauberer, Gaukler, Jongleure, Tänzer, Pantomimen, Marionetten- und Kasperlespieler und Musikanten bietet ihnen das sommerlang während Straßenfest ihrer Stadt, bieten die Kirmessen und Schützenfeste ihrer rheinischen Umgebung. Außerdem gibt es in der

Nachbarstadt den Zoo und an den Rheinufern die großen Kinderparks mit ihren unzähligen Gelegenheiten zu fahren, zu rutschen, zu schaukeln, zu wippen, zu klettern, zu springen, im Wasser zu waten. Wie können daneben Eicheln und Bucheckern bestehen?

Ja, wenn die Großmutter noch die Kraft hätte wie früher, als sie Annas Mutter war, mit Hilfe der Wald- und Feldfrüchte etwas zu ersinnen, eine Situation, eine Geschichte, irgend etwas Unerhörtes, das die Kinder in seinen Bann zöge, sie atemlos machte wie das Drachenmaul aus Pappe in Phantasialand, ja dann... Aber das kann sie nicht mehr. Sie kann nur mit äußerster Mühe gerade noch diese oder jene Begebenheit für das Spiel mit den Hoppeditzen erdenken, aber keine richtige Geschichte mehr, in der es so hoch herginge, daß es den Kleinen die Sprache verschlüge. Sie kann auch kaum ein Märchen noch auswendig erzählen und weiß es doch so gewiß, daß Märchen erzählt, nicht vorgelesen werden sollen. Auch mit dem Malen ist es nicht mehr weit her, und Lieder zu finden, die dem anspruchsvollen Sinn der Kinder gefallen könnten, will kaum noch gelingen. Sie leidet darunter wie unter einem Pflichtversäumnis. Obwohl sie weiß Gott unschuldig ist an den abnehmenden Kräften des schöpferischen Vermögens, fühlt sie sich doch schuldig, der Trägheit, der mangelnden Anstrengung, und zürnt sich selbst. Hier wie auch anderwärts sind es die verpaßten Gelegenheiten, die sie sich vorwerfen zu müssen glaubt, Gelegenheiten, Geist und Sinne der Kinder zu erweitern, ihre Vorstellungskraft mit Bildern zu füllen.

Auch dies ist eines der Übel, mit denen sich die Großmutter nur mit Kummer abfindet: daß der Speicher ihres Wissens, über so viele Jahre hin gefüllt mit Stoff aus den verschiedensten Bereichen, mit fremden Sprachen und Mathematik, mit selbsterfahrener Geographie, mit psychologischen, politischen, physikalischen und chemischen Kenntnissen, mit Kenntnissen von Botanik, Zoologie und Gesteinskunde und der Kunde vom Menschen – daß dieser gewaltige Speicher schon lange sich zu entleeren begonnen hat, ein Sack voll Körner, und durch ein kleines Loch rinnen sie langsam aus, jeden Tag verliert der Sack an Umfang. So war eigentlich alles für die Katz, was sie so gerne gelernt hat, gerne, besonders im Hinblick auf Kinder und Enkel, an die sie das Gelernte weitergeben wollte. So ein kluges Kind, die Großmutter, lauter Einser auf dem Abiturzeugnis (bis auf die Naturwissenschaften), eine tüchtige Studentin auch und dann später in den Berufsjahren auf den verschiedenen Gebieten rasch zu Hause – was hätte sie nicht alles den Enkeln weiterzugeben gehabt. Sitzen hatte sie sich sehen und ein Kind neben sich, die Ellbogen auf ihren Schoß gestützt (Ludwig Richter!), das Kinn in der Hand, zu ihr aufschauend mit vertrauensvollem Blick, begierig nach Wissen und Erfahrung, und sie hätte aus dem Vollen geschöpft und mitgeteilt.

Aber jetzt: kaum, daß sie noch zusammenbringt, was es mit dem »Prinzen Eugen« auf sich hat, den die Kinder so gerne hören.

In Philipps Alter hatte sie sich in der Märchen- und Sagenwelt mehr als in der alltäglichen Wirklichkeit aufgehalten. Gockel, Hinkel und Gackeleia, der Schulmeister Klopstock, Zwerg Nase und das Kalte Herz, die Nibelungen, der Artushof, Wotan, Loki und die Esche

Yggdrasil, Lohengrin und Parzival, Herkules, Odysseus – das alles war jahrelang in ihr umgegangen, sie hatte die Personen ausgemalt und ausgeschnitten, so daß sie zu handlichen Figuren wurden, mit denen sich ihre Geschichte spielen ließ. Die Rheinsagen, geknüpft an ihre Orte, waren ihr besonders gegenwärtig gewesen. Wie kann sie es anstellen, davon den Enkeln etwas zu übermitteln?

Eine Rheinfahrt mit den Enkeln, wieviel wäre ihr daran gelegen! Dabei die Geschichte der Lorelei zu erzählen und die Sage vom Mäuseturm, der feindlichen Brüder zu gedenken und der schönen Guta von Gutenfels, die Andernacher Bäckerjungen auftreten zu lassen, Hans Brömser von Rüdesheim und Gilgen von Lorch; aus der Folterkammer der Marksburg Schauder davontragen, in Stolzenfels eine Anschauung gewinnen, wie der preußische König wohnte, auf Lahneck das gräßliche Ende des »Fremden Fräuleins« bedenken, im verzwickten Gewinkel der Schönburg den Abend und die Nacht verbringen (vor Jahren konnte man dort noch im Holzzuber baden, schlafen hinter gerafftem Tüll und fand ein Spinnrad neben dem WC!)

Aber würde es den bildschirmverwöhnten Augen etwas bedeuten, diese leibhaftigen Spuren von Vergangenheit zu betrachten und dem Schicksal der Menschen nachzusinnen, die hier lebten, auf den Bergen, in den Tälern, beim Strom? Läßt sich wohl der Geschmack des Wortes »Strom« vermitteln, wie er der Großmutter noch auf der Zunge liegt, nun, da der Strom zur Kloake geworden ist? Sie sollte es aufgeben, etwas von dem vermitteln zu wollen, was ihr selbst ans Herz gewachsen war. Aus dem Raunen der Sagen, aus den Worten der Dichter, den Liedern und den längst entschwundenen Bildern, alle überglänzt von jenem milden Grau des Schiefergesteins, das sie immer so geliebt hat – aus all dem läßt sich kein Stoff mehr weben, der die Enkel verzaubern könnte, jetzt noch nicht. Sie muß es einsehen, daß sie sich nicht mehr aufs Weben versteht, muß alle solche Ansprüche hochtrabender Art zurücknehmen. Es gilt, sich zu bescheiden mit freundlicher Betreuung im Täglichen, eine unermüdliche Zuhörerin zu sein, das aufmerksame Ohr ist wichtiger als der Mund, die liebevolle Hand wichtiger als der Kopf. Nichts wollen, sondern das, was geschieht, nach Kräften begleiten, ohne sich einzumischen.

So nimmt sich die Großmutter das vor. Möge es ihr gelingen!

Auf dem Podium

Das Podium steht in verschiedenen Bereichen.

Ich betrete es zu Autorenlesungen, bei Veranstaltungen von Kirchengemeinden, Volkshochschulen, Akademien, Seminaren, auch zu Demonstrationen auf Straßen und Plätzen.

Ich betrete es ungern, unsicher, immer mit Ängsten.

Die Zuhörer: wieviele sind es wohl? Haben mehr als zehn, zwanzig Leute heute abend aufs Fernsehen verzichtet? Und wie sind sie gestimmt? Sind es solche, die mich unter die Lupe nehmen, mir am Zeuge flicken, mich aufs Glatteis führen, mich aufs Kreuz legen wollen? Oder sind sie wohlgesonnen, auf demselben Weg wie ich, zum gleichen Ziel?

Ich biete etwas an, was ich hergestellt habe, und gebe es der unmittelbaren Beurteilung preis. Ob es gefällt oder nicht, erfahre ich nicht am nächsten Tag oder später, aus Leserbriefen oder Rezensionen, sondern sofort, durch die Aufmerksamkeit im Saal und die Stärke des Beifalls. Für beides besitzt der Mensch auf dem Podium die allerfeinste Wahrnehmung. »Atemlose Stille« hüllt ihn wärmend und freundlich ein – aber auch nur die geringste Unruhe der Hände, der Füße, nervt ihn, läßt ihn das Schlimmste an Ablehnung befürchten. Er setzt all seine Kräfte daran, das Seil gespannt zu halten, er wirft seine Angeln, seine Netze aus, um diese bedrohte Aufmerksamkeit zu fangen, spürt, daß es gelingt, und ist glücklich – oder niedergeschlagen, wenn er merkt, daß es vergeblich war, taucht unter im Wechselbad der Empfindungen, muß sich dabei aber auch, was seine Erscheinung betrifft, streng im Auge behalten, muß wissen, wie er da sitzt oder steht, wie er die Hände, die Füße hält. Namentlich der weibliche Vorleser fühlt sich dazu angehalten, da kann er nicht aus seiner weiblichen Haut!

Das Vorlesen selbst gefällt mir, das pure Sprechen macht Spaß. Sprechen als Bewegung der Mundwerkzeuge, ebenso wie Schreiben als Bewegung der Hand, sind lustvolle Tätigkeiten, mir liegt daran, sie so vollkommen wie möglich auszuführen. Wenn es denn nur beim Vorlesen bleiben könnte!

Aber jeder, der schreibt, der Geschriebenes vorliest, muß ja auch reden können, heutzutage. Wird er zu einer Lesung gebeten, muß er sich darauf gefaßt machen, daß er kaum mehr als die Hälfte der Zeit für sein Werk beanspruchen darf. Danach wollen die Zuhörer ihn befragen – nach persönlichen Umständen sowohl wie nach den Sachverhalten aus dem Bereich des Gelesenen. Auch darauf kann ich mich zur Not noch ohne Mißbehagen einlassen. Persönliche Auskünfte über das hinaus, was im Buch steht, gebe ich gerne, ich mag es, wenn man über mich Bescheid weiß. Geht es aber um sachliche Fragen, wie sie sich aus der Schrift *Mühsal mit dem Frieden* ergeben, dann quält mich Angst, solchen Fragen nicht gewachsen zu sein, keine oder nur unzureichende Antworten zu finden. Im Schreiben darauf bedacht, die äußerste mir mögliche Ausdrucksform zu erreichen, stört mich die Unvollkommenheit, die Ungenauigkeit, die Beliebigkeit der Rede; mit dem ersten besten Wort vorliebzunehmen, das sich einstellt, ist mir peinlich; gewöhnlich ist das erste nicht das beste. Der rhetorischen Kunst ermangle ich ganz und gar. Trotzdem bin ich in den alten Tagen ans Reden gekommen, weil ich geschrieben habe.

***

Am ängstlichsten war mir zumute, als ich vor den Kollegen im P.E.N. aus der noch unfertigen Autobiographie las – anläßlich einer Werkstatt-Tagung, bei der man sich, wenn man wollte, zu Wort melden konnte. Ich tat es, blindlings stürzte ich mich in den Entschluß, und wurde notiert für den zweiten Tag, als letzte. Da jeder seine Redezeit überschritt, war es spät geworden, Grund genug, die Meldung zurückzunehmen. Zudem hatte mich jeglicher Mut, bestehen zu können, verlassen, nachdem ich ein halbes Dutzend Autoren gehört hatte. Aber sie drängten mich liebenswürdig, so las ich das Kapitel von der Kindheit in Berlin. Ich entkam lebendigen Leibes und mit einigermaßen heiler Haut. Zwar hatten sie dies und jenes zu bemängeln, ermunterten mich dann aber doch, die Sache fortzuführen.

Am glücklichsten fühlte ich mich auf dem Podium in der Kaiser-Friedrich-Halle in Mönchengladbach, meiner Heimatstadt, auch wenn es kein Podium war, sondern Tisch und Stuhl am Ende eines schmalen, langgestreckten Saales mir mörderischer Akustik – seit meiner Kinderzeit kannte ich ihn als den »Balkonsaal«. Der Saal ebenso wie das gesamte Gebäude waren beladen mit Erinnerungen an Theater, Konzerte, Karnevalsfeste, Versammlungen, ein großer, ein bedeutender Ort. Auch fünfzig vergangene Jahrzehnte hatten seinen Nimbus nicht zu schwächen vermocht.

Zum bedeutenden Ort kamen eine Menge Zuhörer

Freunde, Verwandte, Verehrer aus Schülerzeiten, die uralte Lehrerin. Beim Hinausgehen gab es ein Gedränge am Eingang, ein weitläufiges Begrüßen, Umarmen. Der Abend entschädigte die Autorin für lange Jahre, in denen man in dieser Stadt keine Notiz von ihr genommen, sie stur übersehen hatte – mit Absicht, aus Gleichgültigkeit, ich weiß es nicht. Das hatte ärgerliche Gefühle wachsen lassen. Ich war nicht gut zu sprechen auf solche Schnödigkeit, liebte dennoch, tief innen, die Stadt, hing an ihr; mit kräftigen Wurzeln hielten die Erinnerungen mich an diesem Boden fest.

Ein zweites Mal las ich in Mönchengladbach vor, diesmal in der Krypta des Münsters. Hier feierten wir vor mehr als fünfzig Jahren die ersten Gottesdienste, in denen die Gläubigen laut mitbeten durften. In diesem unterirdischen Gewölbe hatte mein Leben mit der Kirche begonnen, mit einer totalen Überantwortung an das, was sie »zu glauben vorschreibt« – wie das damals hieß. Daraus wurde für viele Jahre ein Leben ohne, dann ein Leben gegen die Kirche, abgekehrt von Amt und Papst in Rom, zugewandt aber allen, die mit den Armen leben, das Evangelium von den Armen her zu verstehen trachten, sich um Solidarität mit den Armen bemühen. Davon zu reden, war ich hier, in diesem Raum, in dem die gesprochenen Gebete von einst wie abgerissene Spinnweben in den Ecken zitterten. Wieder waren viele Leute gekommen, der Friedenssache zugewandt, die hier nicht angefeindet wurde von geistlicher Obrigkeit wie so oft, vielmehr unterstützt und bestärkt durch einen Priester, der den Konflikt mit seinem Bischof nicht scheute.

***

Danach stand oder saß ich noch viele Male mit meinen Büchern auf einem Podium, weit häufiger indes mit einem Papier, in dem von der Bergpredigt, von den Bedrängnissen der Gegenwart, von den Wegen zum Frieden mit der Natur und zum Frieden unter den Menschen gesprochen wurde. Die Friedensbewegung war die Mitte des Denkens, Schreibens und Redens geworden.

Am Anfang stand die Begegnung mit dem Pastor Heinrich Albertz. Von ihm wurde ich aufgeweckt und auf die Beine gebracht, den Frieden zu suchen und ihm nachzujagen, wie der Apostel uns zu tun befiehlt.

Da war ich neunundsechzig Jahre alt.

Ich hatte den Frieden aufgehoben gewähnt im Schatten der Bomben hüben und drüben, schlecht und recht, den Frieden, was sich so Frieden nennt, wenn ringsum und in allen Himmelsrichtungen Feinde sich töten, Nachbarn, oder wenn die Oberen das Volk massakrieren und die von unten sich blutig erheben gegen die Oberen; wenn eine Mauer das Land teilt, und es ist tödlich, sie von der einen Seite aus übersteigen zu wollen…

Aber wir hier schlafen ruhig, nichts hindert uns, dem Erwerb nachzugehen und Erworbenes auf Erworbenes zu häufen, und wir dürfen auch den Mund auftun, wenn uns etwas nicht paßt, wir kontrollieren unsere Regierung durch unsere Abgeordneten (soweit die Lobbies das zulassen), und die Gerichte richten gerecht, meistens. Zwar mehren sich die Bomben, aber man sagte uns, und das war auch einsichtig, es könne nichts passieren, da ja sonst beide dran glauben müßten, die

Guten wie die Schlechten, und davor würden sie sich wohl hüten.

Pastor Albertz aber sagte, und ich hörte das zum erstenmal, daß die Lage sich verändert habe. Daß der Frieden aufs äußerste gefährdet sei, weil man angefangen habe, einen auf Europa begrenzten Krieg für denkbar, machbar und gewinnbar zu halten; wer zuerst schieße, sterbe nicht als zweiter, sondern habe die Chance zu überleben, das heißt zu gewinnen. Er erklärte es, indem er die neuen Waffen und die neuen Strategien erklärte. Nicht jedem hätte ich geglaubt, daß es sich tatsächlich so verhielt – ihm glaubte ich es aufs Wort.

Denn welche Informationen man für wahr zu halten bereit ist, das hängt nicht so sehr von deren Überzeugungskraft als von der Person ab, die sie uns vermittelt. Die meisten Infomationen sind unüberprüfbar für den, der kein Fachwissen hat. Dem, was Heinrich Albertz sagte, war ich unbesehen zu glauben bereit, weil ich wußte, daß er ein entschiedener Christ ist, der seine politischen Urteile auf das Evangelium gründet. Also unterschrieb ich den »Krefelder Appell« gegen die Aufstellung der neuen Raketen.

Es ging ja in dieser ersten Zeit darum, die neuen Raketen zu verhindern. Das war die geringste Forderung, in der sich alle einig waren, sie war die Wurzel sozusagen des mächtig in die Höhe schießenden Friedensbaumes mit seinen zahlreichen Zweigen und Ästen. Fußend auf dieser Wurzel erhob sich die Forderung nach den atomwaffenfreien Zonen, nach dem Einfrieren aller Atomwaffen, nach dem Austritt aus dem westlichen Bündnis, nach der Abschaffung jeglicher Rüstung, all das gipfelte in dem Ruf, aus den Friedensgruppen der DDR übernommen, daß Schwerter zu Pflugscharen werden sollten – so daß ganz oben im Baum die radikalen Pazifisten ihre Nester hatten, die Anhänger absoluter Gewaltlosigkeit. Ich weiß nicht genau, auf welchem Ast ich wohl sitze.

Militärs, deutsche und ausländische, wandten sich gegen die neuen Raketen mit sachlichen Argumenten aus dem Militärbereich, indem sie zu beweisen suchten, daß die zusätzlichen Waffen nicht nur überflüssig seien, sondern eine schwere Herausforderung für die Sowjet-Union; daß somit die allgemeine Sicherheit nicht größer, sondern geringer werde. Sie erklärten uns die zahlreichen Tabellen, in denen die beiderseitigen Waffenarsenale aufgeführt waren, die vergleichenden Berechnungen aus den verschiedenen Forschungsinstituten. Sie versuchten darzulegen, daß immer die Amerikaner es waren, die einen weiteren Schritt getan hatten. Sie erklärten uns auch den Wechsel der Kriegsplanungen, den sie für so bedrohlich hielten. Politiker, Ärzte, Naturwissenschaftler meldeten sich zu Wort, Pädagogen, Juristen, Psychologen und Theologen. Sie alle hatten ihr Fachwissen, aus dem sie Argumente für ihre Überzeugung beziehen konnten. Unsereiner hatte nichts als das Wissen aus zweiter Hand, aus Büchern, aus den Medien, aus Vorträgen. Natürlich suchte man sich kundig zu machen, man las und las und las. Doch war man immer im Hintertreffen den Fachleuten gegenüber. Den einzigen wirklich festen Boden bot für mich die Überzeugung, daß einer anfangen müsse aufzuhören – wenn es denn je ein Ende haben sollte mit der unablässig sich hochschraubenden Spirale.

Ein Jahr lang war ich nichts als eine Zuhörerin bei den

verschiedensten Veranstaltungen. Da hörte ich die Freunde, Heinrich Böll, Helmut Gollwitzer und Dorothee Sölle, hörte die seit langem von ferne Verehrten: Martin Niemöller, Robert Jungk und William Borm, Walter Jens und Erhard Eppler; hörte neue Namen, Petra Kelly, Gert Bastian und Oskar Lafontaine. Manchmal schlich ich mich an die Umzäunung, die das Podium abschirmt, versuchte, die Freunde zu begrüßen, ihnen die Hand zu drücken, ein Wort mit ihnen zu wechseln. Aber sie waren unter sich, hinter dem Zaun, er trennte uns, die wir sonst zusammen an einem Tisch saßen, bei Gesprächen, beim Wein. Es betrübte mich, daß ich nicht für das Podium gemacht war, daß meine Stimme nicht ausreichte für den erhöhten Standort, daß ich mich mit dem Schreibtisch zu bescheiden hatte. So schrieb ich das Buch *Mühsal mit dem Frieden,* das aber wenig gekauft wurde und nie auslag auf den Büchertischen der Friedensversammlungen.

Dann aber doch Reden. Reden auf dem Düsseldorfer Katholikentag, bei denen da oben, wie bei denen da unten. Oben in einer der großen Messehallen. Würgende Angst im Hals, Angst vor den Fragen der tausend Zuhörer, die statt meiner Christa Mewes erwartet hatten. Angst vor Widerspruch, vor der Unfähigkeit, dem Widerspruch standzuhalten. Es gab ihn reichlich, ich hatte provozierende Sachen gesagt, sie pfiffen sogar. Aber dann hörte ich mich plötzlich etwas sagen, was Hand und Fuß hatte, ich fühlte die Angst schwinden, Sicherheit strömte in mich ein von irgendwoher, das Gefühl, ich würde es schaffen, ich würde bestehen, wenigstens so einigermaßen.

Mir selbst unbegreiflich, erlebte ich Zuwachs für einige kurze Augenblicke, erlebte, daß mir etwas gelang, was ich bis dahin nicht gekonnt hatte. Die Erfahrung wiederholte sich gelegentlich in den beiden folgenden Jahren, wenn ich Podium oder Kanzel oder Vortragspult oder, im Freien, den Lastwagen bestieg. Aber natürlich war es nicht so, daß ich mich auf diese merkwürdige Fähigkeit hätte verlassen können; sie stellte sich ein, wenn ich mich von Gleichgesinnten umgeben wußte, blieb jedoch aus, wenn sich Gegnerschaft zeigte, vor allem dann, wenn es darum ging, Fakten vorzubringen aus dem Speicher des Gedächtnisses, das nicht mehr viel hergab.

Am Anfang war die Gegnerschaft zahlreich. Da hatten die Leute noch ein Interesse daran, herauszufinden, wie man denn argumentieren wollte in der Friedensbewegung, wie sie wohl zu begründen sei, die hirnrissige Idee von der einseitigen Vorleistung im Waffenpotential, vom Verzicht auf Abschreckung. Ein Bonner Studentencorps beispielsweise lud mich ein in eine feine Villa im Grünen. In den Gesellschaftsräumen sammelten sich Jacketts und Krawatten und gebügelte Hosenbeine und die anmutigsten Mädchen in anmutigster Garderobe – das jeansgewohnte Auge erschrak. Sie waren von großer Liebenswürdigkeit alle miteinander, wahrscheinlich ihrerseits etwas befremdet über den Gast, den sie mit gutem Grund dem konservativ-liberalen Blatt zuordnen durften, das sie lasen und das ihr Weltbild bestimmte – und nun eine Linke, ein aktives Mitglied der Friedensbewegung, an einem Tisch hin und wieder mit Pazifisten, Ostermarschierern und Kommunisten! Sie nahmen die Überraschung höflich hin, ließen's sich nicht anmerken, daß sie sich düpiert fühlten, stellten einige sanfte Fragen und nahmen den Gegensatz ihrer und meiner Einschätzung der Weltlage zur Kenntnis, gelassen fast. Es hätte einer anderen Zunge als der meinigen bedurft, um sie zu beunruhigen.

Als ich ging, fühlte ich in meinem Rücken ihre Blicke: arme alte Frau – wohin hat sie sich verrannt!

Schwieriger war es bei den Studenten der Konrad-Adenauer-Stiftung, bei denen es auf den Gegensatz zwischen Gesinnungs- und Verantwortungethik, wie Max Weber ihn formuliert hatte, hinauslief – ein Gegensatz, mit dem uns schon Helmut Schmidt auf dem Hamburger Kirchentag gekommen war. Auf den Punkt gebracht, hieß das: die andere Wange hinhalten, das darf einer nur für seine Person, nicht aber für die, die seinem Schutz anvertraut sind. Die Gemeinschaft bedarf jener Sicherungen, auf die der Einzelne unter Umständen verzichten kann. Rigoros sein, ungeachtet der Folgen, die solche Rigorosität insgesamt hervorruft – das kann sich der Staatsmann nicht leisten.

Die andere Wange hinhalten! Ich pfuschte mich über diesen heiklen Punkt hinweg mit jenem Wort aus dem Mund des britischen Pax-Christi-Bischofs, der gesagt haben soll, er halte es nicht für ein Gebot Jesu, sondern auch für ein Gebot der Vernunft, die andere Wange hinzuhalten – sonst würde uns über kurz oder lang überhaupt keine Wange mehr bleiben, weder die rechte noch die linke!

Ich wußte selbst, wie billig das war. Aber ich hatte die Max Webersche Unterscheidung nicht im Kopf, sie war mir immer uninteressant gewesen, weil sie mit dem Evangelium nichts zu tun hatte. So werden die Studenten über die unwissende Referentin den Kopf geschüttelt haben; ich hätte nicht hingehen sollen. Doch locken solche Kraftproben, solche Herausforderungen; bestünde man sie, dürfte man sich zu denen rechnen, die mitreden – auch wenn man nicht über den grimmigen Humor Heinrich Bölls, nicht über die tödliche Schärfe Dorothee Sölles oder über Helmut Gollwitzers prophetischen Ton und schon gar nicht über die kecke Überzeugungskraft von Oskar Lafontaine verfügt. Ich weiß, man fordert mich auf, weil es im katholischen Bereich nicht allzu viele Redner gibt und wohl auch kaum Siebzigjährige – der Typ wird gebraucht, nicht die Person. Aber der Wunsch, mitzureden in dieser Sache, ist groß.

Wie ich hoffe, nicht deswegen, weil ich das Mitreden, jahrzehntelang in der Zeitung geübt, nicht lassen kann. Sondern weil die Sache so gewaltig ist, daß ich meine alten Tage für sinn- und nutzlos ansehen müßte, wenn ich mich ihr nicht zur Verfügung stellte. Wie kann man leben angesichts des äußersten Unheils, ohne das Äußerste zu tun, es abwenden zu helfen?

**

Eine andere Konfrontation erfahre ich bei den lutherischen Pastoren im Schwäbischen, die auf die Idee verfallen waren, sich von einer katholischen Publizistin das »Nein ohne jedes Ja« ihrer reformierten Brüder erläutern zu lassen.

Dieses »Nein ohne jedes Ja« war zunächst von der Reformierten Kirche in den Niederlanden ausgesprochen worden, dann auch von der Leitung des Reformierten Bundes in Deutschland. Hier hatte man erklärt, daß das Bekenntnis des christlichen Glaubens unvereinbar sei mit der Entwicklung, Bereitstellung und Anwendung von Massenvernichtungsmitteln; unmöglich könne der Christ ein Sicherheitssystem bejahen oder auch nur dulden, das auf Kosten der Elenden der Erde, um den Preis ihres Todes, erhalten wird. Und es sei ein Irrtum zu glauben, Christen könnten in dieser Sache von ihrem Glauben her keine eindeutige Entscheidung treffen.

Selbstverständlich fand ich, daß die Reformierten recht hatten. Aber jetzt, inmitten der Lutherischen, denen, seit Luther, Christenglaube eines und Politik ein anderes ist, geschiedene Bereiche, »zwei Reiche«, empfinde ich die ganze Schwere einer solchen Entscheidung. Ich merke, wie ihnen der Brocken im Halse steckt, wie sie daran zu würgen haben. Alle Einwände sammeln sich in der besorgten Frage, wie denn die Einheit der Gemeinde gewahrt werden könne, wenn die einen den radikalen Weg des »Nein ohne jedes Ja« gehen wollen die anderen hingegen sich zum Kompromiß, zur Anpassung, zur Unterwerfung unter die Sachzwänge entschließen. Wenn die einen ihre Hoffnung auf den Auferstandenen richten, der uns Heil verspricht, was immer auch kommen mag, die anderen den Gekreuzigten im Blick haben, den heil-losen Zustand dieser Welt, der trotz des Versprechens vom Berge ein heilloser bleiben wird bis zum Ende; im Heil-losen haben wir uns einzurichten, schlecht und recht, wir, Gefallene, nachdem Eva vom Apfel aß.

Zum erstenmal fühlte ich mich betroffen von der Kalamität der »Hirten«, fühlte die Bedrängnis mit, die verantwortlicher Hirtensorge entsprang. Fühlte den Ärger der Leute, die nicht mehr zum Gottesdienst kommen, weil der Pastor nun ein Linker ist, sich gemein macht mit Chaoten und Kommunisten – ich selbst wäre ja auch nicht gern in einen Gottesdienst gegangen, dem ein erklärter CDU-Anhänger vorstand! Ein Zwist dieser Art kann die Gemeinde spalten, das Gemeindeleben empfindlich stören, es lahmlegen, dort besonders, wo man noch nicht gelernt hat, mit den Andersdenkenden brüderlich umzugehen. O ja, ich verstand das. Ich hatte aber auch jene Bibelstelle im Ohr, die Walter Jens uns so hilfreich neu übersetzt hat: »Ich bin mit dem Messer gekommen. Ich bin gekommen, um zu entzweien: Vater und Sohn, Tochter und Mutter, Schwiegertochter und Schwiegermutter. Ich bin gekommen, um Feindschaft zu stiften im Haus.«

Danach ist es nicht erlaubt, gegensätzliche Standpunkte zu verwischen zugunsten einer Scheineinheit. Nicht erlaubt, sie als gleichberechtigte, nur eben unterschiedliche Auffassungen zu tolerieren nach dem Motto: »Alles ist richtig, zumindest teilweise, aber auch das Gegenteil«. Die Einheit der Kirche kann nicht durch einen Kompromiß gefunden werden, der den Streit schiedlich-friedlich beilegt oder die Probleme aufschiebt (wie der deutsche Episkopat dies tut.)

»Aber was«, fragt der junge Pfarrer mit dem runden, gutmütigen Gesicht dessen, der sich wohlfühlt im Einverständnis mit den Seinen, »was mache ich, wenn der große Auszug stattfindet derer, die die Worte Jesu anders interpretieren? Die es nicht zulassen, daß man das, was sie denken oder (als Soldaten) tun müssen, in die Nähe des Wortes verbrecherisch rückt? Was mache ich mit denen?«

»Und was«, frage ich zurück, »machen Sie mit denen, die es nicht mehr aushalten, daß unsere Überlebensfrage, die Bedrohung durch die katastrophale, die schleichende Vernichtung der Schöpfung in ihrer Gemeinde, in ihrem Gottesdienst nicht besprochen wird? Die einen Gottesdienst nicht mehr ernstnehmen können, in dem der Zustand der Welt nicht gemessen wird an den Worten Jesu, ohne Deuteln, ohne Wenn und Aber – was machen Sie mit denen?« Die Fragen bleiben stehen im Raum. Sie bekunden Ohnmacht auf beiden Seiten. Die meinige nehme ich als Bürde mit auf die Heimreise.

***

Die schlimmsten Stunden waren die in der Aula des Kölner Dreikönigsgymnasiums. Hier wehrten sich Schüler, Eltern und Lehrer dagegen, daß man sich auf einseitige Abrüstung einlasse. Ganz schnell waren sie beim Problem der Notwehr und stellten die wohlbekannte, inzwischen aber so obsolet gewordene Frage, ob ich es mir gefallen lassen würde, daß ein Verbrecher mich oder mein Kind tödlich bedrohe, ohne mich zu wehren? Ob nicht auch ich mich dann zur Notwehr berechtigt fühlten würde?

Daß die gegenwärtige Situation zwischen den Supermächten mit der Verteidigung des eigenen Lebens nichts mehr zu tun hat, ist oft kaum begreiflich zu machen. Dabei ist der Unterschied seit dem Abwurf der ersten Atombombe offenkundiger denn je. Ich hätte darüber noch einiges zu sagen gewußt, nachdem ich schon vor Jahren das Problem schriftlich behandelt hatte in einem Plädoyer für Kriegsdienstverweigerung. Ich hatte es nicht parat. Der geballte Widerstand in der Aula lähmte mein Denken.

Ich mogelte mich durch, so gut ich konnte, kramte alles hervor, was ich in meinem Kopf gelagert hatte von Jonathan Schell bis Alfred Mechtersheimer, von Gert Bastian bis Oskar Lafontaine, von den amerikanischen Bischöfen bis zu Helmut Gollwitzer. Aber es war alles ungenau, nichts schlug und traf, und so herrschte Mißvergnügen unter den Zuhörern, bei Schülern, Eltern und Lehrern deutlich zu spüren.

***

Aber es gab auch glückliche Erfahrungen auf dem Podium. So 1983, beim Kirchentag in Hannover: Ich sollte etwas sagen über das Thema »Widerstehen zur rechten Zeit«. Das war eine Gelegenheit, jenseits von allen Argumenten die gegenwärtige Situation zu beleuchten, von Erfahrungen während des Dritten Reiches zu erzählen, das ich als junges Mädchen, als junge Frau erlebt hatte, Erfahrungen, deren Spiegelbilder eben jetzt aufzutauchen beginnen aus dem Strom der Geschichte. Diese Erfahrungen sammelte ich unter vier Stichworten: die Gleichgültigkeit, die Unwissenheit, die Angst, das falsche Feindbild – es waren die Fehler und Irrtümer, derer ich selbst mich anzuklagen hatte, damals. Und ich entdeckte, daß diese vier Worte auf die gegenwärtige Situation paßten, als habe ein Maßschneider sie angefertigt.

Ich erwartete nichts von meinem Auftreten, war fast gleichgültig gestimmt und fühlte kaum Lampenfieber, trotz der dreitausend Zuhörer. Es gab unerwartet viel Beifall, immer wieder, mitten im Text. Ich wußte mich kaum damit zu benehmen. Aber je mehr sie klatschten, desto stärker durchströmte mich ein nie erlebtes Glücksgefühl: einig sein mit einer Menge von Gleichgesinnten, akzeptiert zu werden von den vielen! Die kleine Eigenbrödlerin aus dem Kindergarten, die ehrgeizige Einzelgängerin in der Schule, die Außenseiterin an den verschiedenen Arbeitsstätten, im Büro, in der Fabrik, im Rundfunk, in der Zeitungsredaktion – immer anders als die anderen, selten einig mit Unbekannten, im Einverständnis nur mit den nahen Freunden; von den Kollegen belächelt als eine Person mit abseitigen Ansichten und Urteilen, niemals im Konsens mit denen, die das Sagen hatten – diese Person fand sich ganz unvermutet umgeben von brausender Zustimmung, unversehens erfuhr sie, welcher Macht das gesprochene Wort fähig ist. Macht statt Ohnmacht – für Augenblicke hatte ich den köstlichen Geschmack der Macht auf meiner Zunge, dieses eine einzige Mal, und siebzig Jahre war ich darüber geworden! Aber wieviele schmeckten ihn nie.

Von da an füllte sich der Kalender mit Anfragen, kaum zu bewältigen. Allerdings fanden sich kaum noch Widersacher unter den Zuhörern, nicht in der Volkshochschule, nicht in den Gemeinden, nicht in den ökumenischen Gruppen. Wir waren fast immer unter uns. Aber nicht etwa deswegen, weil die Friedensbewegung die Massen erobert hätte (für Augenblicke sonnten wir uns im Glück dieser Täuschung!) Vielmehr war es so, daß es den andern wohl nicht mehr der Mühe wert erschien, sich mit uns auseinanderzusetzen. Wir waren mehr oder weniger zur *quantité négligeable* geworden; wir hatten zwar, nach der Auskunft der Meinungsforscher, die Mehrheit der Bürger auf unserer Seite – aber wir gehörten nicht zu den Mächtigen.

Die Mächtigen, die Gewählten sowohl wie die Ungewählten im Schattenbereich, sitzen auf ihren Sitzen, sitzend behaupten sie ihre Macht. Wir hingegen müssen unser Haus verlassen, auf die Straße gehen, schreien und Lärm schlagen, wir haben keine Sitze. Die, die verändern wollen, müssen sich bewegen; die am gegenwärtigen Zustand festhalten, können sitzen bleiben. Sitzend gucken sie aus dem Fenster, wenn da eine Rotte junger Leute im Anmarsch ist, ihr Geschrei stört die Sitzung nicht, sobald es gefährlich werden könnte, ist ja die Polizei zur Stelle mit Spritzen, mit Knüppeln und mit Hunden. Die Mächtigen sitzen auf ihren gewaltigen Arschbacken, am Schreibtisch, im Auto, im Flugzeug, sie haben nur ein paar Schritte von einem Vehikel zum anderen. Wir hingegen gehen zu Fuß von Dänemark nach Paris, vom Stillen bis zum Atlantischen Ozean, von Washington nach Moskau. Wir gehen und gehen, während sie im Flugzeug sitzen, wir fasten, während sie kalte Büffets vertilgen; wir singen Shalom, während sie Waffenlieferungen subventionieren; wir tun unsere Arbeit umsonst neben der, die wir für den Lebensunterhalt brauchen, sie lassen sich ihre Arbeit hoch und immer höher bezahlen. Wenn wir etwas wollen, müssen wir es selbst in Gang bringen mit Handzetteln (neun

Pfennig die Kopie bei fünfhundert Stück!), mit Fahnen und Transparenten und Pappkartons und mit Betteln um Spenden. Wir sind die machtlose Mehrheit.

Ehe ich zu dieser Erkenntnis kam, dachte ich noch, daß, wenn die Zunge nichts mehr vermag, man sich eben mit anderen Körperteilen verständlich machen müsse. Damals war ich für Sit-ins, Dy-ins, für Menschenketten auf Landstraßen, für Menschenkreuze auf öffentlichen Plätzen, für Sitzblockaden vor amerikanischen Waffendepots und Flugplätzen. Die damit verbundenen Strapazen erschienen mir gering.

Ich reiste nach Mutlangen für die drei Tage, die mit dem fatalen Wort »Prominenten-Blockade« in die Geschichte der Friedensbewegung eingegangen sind. Das Komitee für Grundrechte und Demokratie hatte weit über hundert namhafte Personen aus dem öffentlichen Leben gebeten, die Blockade eines Waffendepots durch ihre Anwesenheit zu unterstützen.

Ich reihte mich ein in die Gruppen, die abwechselnd, Tag und Nacht, alle vier Stunden, das Tor des Depots besetzen sollten. In wohlweislicher List jedoch räumten am Tag vor Beginn der Blockade Landesregierung und Militär das Depot leer. Kein Fahrzeug verließ das Gelände, kein Fahrzeug kam an. Die Besatzung wurde aus der Luft versorgt. Niemand mußte weggetragen werden. Wir saßen und sangen und schwatzten, aßen und tranken, bei brennender Hitze, bei strömendem Regen, diskutierten auch hin und wieder mit den Einwohnern –

»Wie ist Ihnen zumute?«, fragte mich der Mann mit der Kamera aus Köln. »Sind Sie erleichtert? Sind Sie enttäuscht?« Ich wußte es kaum zu sagen. Es war ein

Gemisch von Gefühlen. Keinesfalls schien mir, daß ich umsonst hierhergefahren sei. Es gab einige Erlebnisse die ich für immer im Gedächtnis behalten werde: Der Moment, als wir nach einem Marsch durch die Dunkelheit vor dem Stacheldraht ankommen. Während ich im Gedränge der Reporter und Fernsehteams einen Platz auf dem Boden zu finden versuche, auf dem die anderen schon dicht beieinander sitzen, zerschneiden immer wieder die Scheinwerfer der Kameras das Dunkel und machen es noch schwärzer. Wenn sie erlöschen, zeigt es sich, daß der Morgen graut, Streifen von Helligkeit zeichnen sich am Rand des Gewölbes ab, eine kalte Helligkeit, die frösteln macht. Ich sitze da in der Nähe von Heinrich Böll, seiner Frau und seinen Begleitern. Ein Reporter streckt sein Mikrofon vor und fragt: »Herr Böll, wie fühlen Sie sich hier heute morgen?« Ich ärgere mich über die Frage und vermute, daß auch Böll Ärger empfindet. Aber davon ist ihm nichts anzumerken. Ruhig und eindringlich sagt er: »Ich bin mir des Datums und der Stunde bewußt. Es ist der 1. September, 5.45 Uhr. Vor vierundvierzig Jahren überfielen wir Polen, zwei Jahre später die Sowjetunion. Siebzigtausend russische Dörfer wurden dabei vernichtet, einige tausend Städte, die Wirtschaft vollkommen ruiniert, das Land verwüstet, und zwanzig Millionen Menschen mußten ihr Leben lassen. Daran denke ich in diesem Augenblick.«
Der Moment, als die Mütter mit den Kindern eintreffen, fünfhundert Mütter, tausend Kinder, die meisten im Kinderwagen, blumengeschmückt. In der Mittagshitze kamen sie heran auf der schmalen Zufahrtstraße zum Militärgelände. Sie schritten über die auf den

Asphalt gemalten bunten Bilder, vorbei an den schnell angelegten Blumenbeeten bis vor den Stacheldraht. Da breiteten sie sich aus mit Körben, Tüten und Taschen, voll Brot, Margarinedosen, Äpfeln und Flaschen und Spielzeug für den langen Tag. Auf einem der Schilder lese ich: »Wir haben unsere Kinder nicht geboren für euren Krieg!« Und eine Frau höre ich sagen: Wir sind hier für Kinder, Katzen und Löwenzahn.«

Der Moment, als der zusammengeknüllte Zettel aus dem geöffneten Fenster auf die Straße fiel, während wir die Menschenkette um die amerikanische Kaserne bildeten. Auf dem auseinandergefalteten Papier lasen wir: »Ich bin bei Sie. Don't yield. Most of us are with you!«

In Mutlangen wurde ich mir zum erstenmal der großen Bruderschaft bewußt, die die Friedensfreunde miteinander verbindet. Sie wird nicht nur dann deutlich, wenn sich die Ankommenden begrüßen, mit begeistertem Hallo, mit Schulterklopfen, Umarmung und Wangenkuß – nein, auch in den alltäglichen Verrichtungen, bei denen jeder sicher sein kann, vom anderen alle erdenkliche Hilfe und Unterstützung zu bekommen, auch wenn sie noch so sehr ins eigene Fleisch schneidet. Die Sache zu fördern, ist einzig wichtig, eigene Wünsche zählen da kaum. Ich habe nie erlebt, daß einmal jemandem etwas zuviel geworden wäre.

Die große Bruderschaft trägt Züge der Jugendbewegung; das rührt die Alten. Die Zelte und das Lagerfeuer, das Singen und Geschichtenerzählen zur Nacht, das Vorliebnehmen mit dürftigen Umständen, das Ausharren bei jedem Wetter – das alles gab es schon einmal in unserm Leben, es schwand dahin, als wir es zu etwas gebracht hatten. Nun erleben wir es noch einmal, und es tut uns gut.

Gut tut es auch zu erleben, wie die große Bruderschaft im ganzen Land verbreitet ist – nicht nur im ganzen Land, in der ganzen Welt! Denn auch Phil Berrigan und Daniel Ellsberg sind Brüder, und die Frauen von Greenham Common, auch die Italienerinnen von Comiso; Brüder und Schwestern auch in der DDR, in den Niederlanden. Jederzeit könnte man bei jedem von ihnen anrufen oder anklopfen, man wäre kein Fremder, stünde man vor ihrer Tür, würde sogleich begrüßt mit dem vertrauten »Du« und wäre zu Hause.

Außer dem Dasein der Enkel und ihrer Mutter erfreut nichts so sehr meine alten Tage wie das Gefühl, dieser Brüderschaft zugehörig zu sein. Zu wissen, daß ich verbunden bin mit Menschen, die zu allem bereit sind für die Sache, der sie sich verschrieben haben. Etwas Ähnliches muß früher die zusammengehalten haben, die man Patrioten nannte, ihre Sache war das Vaterland, sie hatten sich ihm ergeben »mit Herz und mit Hand«. Das Vaterland verkam unter Wilhelm, verdarb unter Adolf Hitler, ging unter im letzten Krieg und in Auschwitz – wir haben keins mehr. Wir dürften auch nicht mehr wünschen, es wieder zu bekommen, die Welt erträgt keine Vaterländer mehr, allzusehr riechen sie nach Blut. Was die Welt braucht, ist die Brüderschaft der Friedenstiftenden über alle Grenzen hinweg. Ihnen gilt die Verheißung des Evangeliums, auf ihnen ruht die Zukunft des Planeten.

***

Im übrigen aber hatte Mutlangen mich gelehrt, Blockaden als wirkungsvolle Handlungen in Frage zu stellen. Behindern, was man nicht verhindern kann? Die anderen, die man doch gewinnen möchte, stören, verärgern? Dies erschien immer weniger sinnvoll. Deshalb konnte ich mich erst im letzten Augenblick entschließen, mich an der Blockade des Verteidigungsministeriums auf der Bonner Hardthöhe zu beteiligen. Auch in unserer Gruppe gab es neben denen, die die Teilnahme für selbstverständlich hielten, andere, die zögerten. Die ihre Angst vor den Hunden nicht überwinden konnten oder die Sorge, es könne sie Amt und Stellung kosten, wenn sie sich unter den Demonstranten sehen ließen. Auch mir war durchaus nicht wohl bei der Vorstellung, diesmal nun wirklich harten Polizeigriffen, Hundezähnen, und Wasserwerfern ausgesetzt zu sein – und das alles für ein Unternehmen, das ich kaum für vertretbar hielt. Aber ich nahm an dem »Training« teil, das wir eines Sonntags im Hof einer Werkstatt absolvierten: hinsetzen, mit Passanten reden, gruppenfremde Extremisten ausschalten, der anrückenden Polizei die Stirn bieten und sich wegtragen lassen. Die Rollen aller auftretenden Akteure waren mit Gruppenmitgliedern besetzt. Aber schon während dieser Übung blieb der Eindruck des Vergeblichen vorherrschend. Ich fand uns lächerlich in unseren notdürftigen Verkleidungen, fand das närrische Spiel nicht im geringsten der tödlichen Gefahr angemessen, gegen die wir es spielten – wenn ich auch einsah, daß man ungeübt und ohne den Ernstfall zu proben keine Blockade wagen durfte. Fast wider Willen, nur, um die Gruppe nicht im Stich zu lassen, entschloß ich mich, an der Sache teilzunehmen.

Nachts um zwei klingelte der Wecker. Um drei fuhr der Bus vom Neumarkt ab. Noch nie war ich um diese Stunde in der Stadt gewesen, ihre Leere, ihre Stille war bedrohlich, gleich einem Tier, das auf der Lauer liegt, im Ansprung auf die Beute. Um vier Uhr sollten wir auf der Hardthöhe sein, dreißig Menschen jeglichen Alters, begleitet von Kameraleuten des WDR, vermummt in Schals und Mützen, Mänteln und Jacken und dicken warmen Stiefeln, Brotbeutel umgehängt mit Proviant, heißem Kaffee vor allem. Am Tag zuvor hatten einige von uns im Hellen die Straßen ausgekundschaftet, waren an allen sechs Toren gewesen, hatten die Zäune in Augenschein genommen, mit denen das ganze Terrain umstellt worden war. Wir waren fast sicher, daß wir gar nicht an den uns zugewiesenen Eingang gelangen konnten, daß alles verbarrikadiert sein würde.

Der Bus hält etwa zwei Kilometer entfernt von unserem Ziel, wir steigen aus, die Kameras gehen in Stellung. G. fragt mit vorgehaltenem Mikrofon den einen oder anderen, wie er sich fühle: Angst und Unbehagen herrschen vor. Er fragt auch mich, aber ich bin zu keiner Antwort imstande, die Spannung ist zu groß. Während wir hochmarschieren, überholen uns Kleinbusse, einer nach dem anderen. Da dämmert uns, daß auch auf der Hardthöhe die Konfrontation nicht stattfinden wird: Die Angestellten des Verteidigungsministeriums werden *vor* uns an den Toren und an ihren Arbeitsplätzen sein – wir werden sie nicht hindern können, wie gewohnt ihren Tätigkeiten nachzugehen. Abermals sind die Blockierer überlistet worden.

Vor dem Haupttor steht ein Trupp Polizisten mit Hunden, die Hunde warten mit hechelnden Mäulern, zerren an ihren Leinen. Wir ziehen alle die Köpfe ein und machen, daß wir vorbeikommen. Noch herrscht tiefe Dunkelheit, als wir Tor 4 erreichen, eine andere Gruppe ist schon da, hat es sich auf dem Boden bequem gemacht. Ich breite meine Matratze aus und lege mich hin, vielleicht kann man bis zum Anbruch der Helligkeit noch ein wenig schlafen, aber es ist zu kalt, nasse Kälte kriecht vom Boden herauf durch Pullover, Jacke und Mantel, durchkriecht den Körper und verbreitet ein Elendsgefühl in allen Gliedern. Den andern muß es ähnlich gehen, keinen hält es an seinem Platz, außer V., sie hat eine Decke aus goldenem knittrigem Papier, die halte warm, sagt sie und liegt im Gras, golden, einer gestürzten Statue aus der Heldensage ähnlich.

Allmählich treten im Morgengrauen die Umrisse unseres Ortes aus der Dunkelheit, die Gebäude vor uns, das Tor, der Stacheldraht rechts und links, die Zufahrtsstraße, weiter hinten ein Gehölz, in der Ferne der Wald. Es ist noch kälter geworden, wir versuchen es mit Singen, bilden mit untergefaßten Armen einen Kreis, hüpfen und tanzen, Shalom, Shalom, Thermosflaschen gehen herum, die ersten Butterbrotpapiere knistern. Um sieben Uhr kommen ein paar Autos angefahren, sie halten in einiger Entfernung, Leute steigen aus, es sind die Bauarbeiter, deren Einfahrt zum Gelände wir blockieren. Wir bedeuten ihnen, daß das Tor gesperrt sei. Berittene Polizei nähert sich, sie fordert uns auf, das Tor zu räumen. Wir bleiben sitzen. Die Männer entfernen sich, hundert Meter entfernt beraten sie miteinander. Dann kommt der Bauführer und erklärt uns mit verdrossener Stimme, daß wir den Verdienstausfall seiner Leute verschuldeten, wenn wir sie nicht hereinließen. Ob wir das verantworten wollten.

Sofort regt sich mein Gewissen, erschreckt darüber, mich an einem Verdienstausfall schuldig zu machen. Die anderen nehmen das locker, in Rede und Gegenrede. Schließlich trottet der Mann davon. Noch einmal kommt ein Polizist, fordert noch einmal zur Räumung auf. Wir machen uns darauf gefaßt, weggetragen zu werden. Aber nichts dergleichen geschieht. Der Polizist entfernt sich, und nach einem kurzen Wortwechsel mit den Arbeitern schlagen die Autotüren, laufen die Motoren an, der Bautrupp macht kehrt. Aus einem der Autos aber kommen zwei Arbeiter mit Thermosflaschen und Butterbrotpaketen. Wir säßen ja auch für sie, sagen sie, und hätten ihnen einen freien Tag verschafft. Dafür sollten wir ihr Frühstück haben.

Die Stunden schleppen sich hin, unterbrochen durch die Nachrichten aus dem Radio, die sich auch mit uns beschäftigen. Wir hören den Minister sagen: »Die demonstrieren, wir regieren!« Es empört mich, wie die Arroganz der Macht hervorblitzt aus Wort und Tonfall. Sie treibt ihr Wesen hinter diesen Mauern, diesen Fenstern, es juckt sie nicht, es kratzt sie nicht, daß wir uns hier versammelt haben. Wir sind ein Häuflein, aber auch die zehnfache Zahl wird sie nicht schrecken. Sie können fast sicher sein, daß nichts passieren wird, wir sitzen ja nur, wider-setzen uns nicht, wider-stehen auch nur in einem sehr übertragenen Sinn, bringen lediglich zum Ausdruck, daß wir nicht wollen, wie sie wollen. Gegen 15 Uhr verlassen wir das Tor 4 und ziehen zum Tor 1, wo der Heimweg des ministerialen Personals behindert werden soll. Als wir dort ankommen, ist längst alles gelaufen. Einige verspätete Männer in Uniform eilen starren Blickes durch das Menschenspalier an ihrem Wege. Es gibt höhnische Zurufe, Pfeifen, Zischen – höchst, höchst peinlich. Ich bemühe mich, rechts und links zu erklären, daß wir das nicht machen dürfen, finde aber kein Verständnis. Der Augenblick enthüllt Feindseligkeit. Was für ein verräterisches Wort! Es offenbart, daß es lustvoll sein kann, Feindschaft zu bekunden. Das ist mir zuwider.

Wohin die Friedensbewegung sich entwickelt hatte in zwei Jahren, das wurde deutlich bei der ökumenischen Agapefeier auf dem Bonner Münsterplatz im Oktober 1983. Dichtgedrängte Menge, fast alle tragen das lila Tuch um die Schultern. Mehr Erwachsene als Jugendliche, das gutbürgerliche Aussehen herrscht vor. Die Prozession der 130 Ordensleute, seit drei Tagen unterwegs unterm Kreuz. Drei katholische Priester im Ornat auf dem Lastwagen, Gebete, Gesänge, die Austeilung der Gaben an kleine Gruppen, die sich gegenseitig das Brot, das Wasser weiterreichen.

Ich vergegenwärtige mir die erste Bonner Demonstration vor zwei Jahren: meine Verlorenheit in der Menge junger Leute mit ihren aggressiven Plakaten und Transparenten, ihren rauhen Liedern, und Sprüchen, in deren vulgären Ton ich nicht einstimmen konnte. Oder im folgenden Jahr der Nackte im Zug, der ein Happening machte aus dem bitteren Ernst unserer Forderung – überhaupt der eher spielerische Umgang mit dieser Frage auf Leben und Tod! Wie schwer war es mir gefallen, mich damit einig zu fühlen. Und jetzt Gebete und Gesänge von Brot und Wein und der Menschenfreundlichkeit Gottes und die Bitte um Frieden an Ihn!

Lieder und Geschrei gab es reichlich später im Hofgarten. Zum letzten Mal feierten wir eines jener Friedensfeste, über denen die Fahnen flattern und die bunten Ballons fröhlich in die Lüfte steigen, wo wir essen und trinken zu den Klängen von Gitarren und Flöten. Hier herrscht Heiterkeit und eine happeningähnliche Stimmung, wie es dem Lebensgefühl junger Leute entspricht. Ihnen wird ja fast jedes Treffen zur Fête, bei der Fete versichern sie sich ihrer Zusammengehörigkeit in einer Welt von no future. Fragte man, woher das kommt, fände man vielleicht heraus, daß die Hochschätzung des Festlichen mit dem Niedergang der großen mythischen und religiösen Feste zu tun hat, die zu bürgerlichen Schenk- und Freßgelegenheiten verkommen sind und nichts mehr ahnen lassen von ihren sakralen Ursprüngen. Ich mag Feste, die hochgestimmten Stunden über den Niederungen des Alltäglichen. Aber manchmal kommt es mir so vor, als ob unsere permanente Heiterkeit dem Auftrag, zu dem die Bewegung sich verpflichtet hat, nicht ganz gerecht würde. Ich vermisse etwas, auf das ich nicht verzichten möchte: ich vermisse den Zorn.

Natürlich weiß ich, wie wichtig es ist, daß unsere Zusammenkünfte in größter Friedfertigkeit verlaufen; daß unsere Märsche nichts Militärisches haben und daß nach vollbrachtem Protest die Erleichterung über den guten Ausgang sich fröhlich Bahn bricht. Ich weiß auch, daß Diskussionsveranstaltungen zwischen Gegnern und Befürwortern der Abschreckung »ausgewogen« sein müssen; hier müssen, nach gehörigem Proporz, die Kontrahenten rechts und links auf dem Podium sitzen, getrennt durch den bemüht-verbindlichen Gesprächsleiter, begleitet vom »Anwalt des Publikums«, der die Wortmeldungen manierlich ordnet – kein Aufschrei erwünscht aus der Zuhörerschaft! Hier muß Einseitigkeit verpönt sein, hier muß man sich bemühen, jeden zu respektieren, den mit der Waffe nicht weniger als den ohne Waffe. Man muß artig verschiedene Meinungen vortragen, aber keiner darf mit der Faust auf den Tisch hauen: am friedlichen Umgang miteinander erkennt man die Friedensfreunde, sie haben geduldig zu sein, tolerant und möglichst nicht radikal, und zornig schon gar nicht. Lafontaine darf nicht aus der Haut fahren, wenn er dem Walberberger Prior oder dem Generalsekretär der CSU gegenübersitzt, und umgekehrt darf der Oberstleutnant Piontek nicht loswettern gegenüber Zivilisten, die die Entscheidungen der Hardthöhe in Frage stellen.

Trotzdem bin ich das alles manchmal von Herzen leid. Ich möchte manchmal radikal und zornig sein, weil mir das als die einzige angemessene Verhaltensweise erscheint angesichts dessen, was uns bevorsteht. Ich möchte ein radikaler, zorniger Gegner der Bombe sein, darüber möchte ich nicht mit mir reden lassen. Ich will es ab und zu zu verstehen geben, daß ich die Bombe hasse, ich mag den Streit nicht übertünchen und überkleistern, den Streit, worin ich mit denen liege, die den Einsatz der Bombe planen.

Waren etwa nicht die Propheten zornig, als sie dem Volk seine Sünden vorhielten und die Strafgerichte Gottes androhten? Sie sprachen mit schäumendem Mund und durchaus nicht »abgewogen«, wie es mit dem Lieblingswort unserer kirchlichen Oberen heißt. Sie sagten nicht »Wenn« und »Aber« und »Vielleicht doch«, sondern sie sagten »Wehe!« und »Verflucht!« und »Verdammt« und »Zur Hölle!« Sie lächelten weder höflich noch liebenswürdig, vielmehr weinten sie, und wahrscheinlich haben sie mit Fäusten gedroht und mit Füßen gestampft, sich die Haare gerauft und die Bärte gerissen – hingegen Luftballons – wir!

Und war er etwa nicht zornig, der zur Umkehr rief in der Wüste, Johannes? Und Jesus selbst, als er so wilde Beschimpfungen gebrauchte wie »Otterngezücht« und »Natternbrut« und »übertünchte Gräber«?

Wessen Fleisch nicht schmilzt, wer nicht zu Asche verbrennt, wer nicht erschlagen wird vom stürzenden Gestein, wer nicht erstickt im Feuersturm, der verhungert und verdurstet oder stirbt den entsetzlichen Strahlentod nach geraumer Zeit. Können wir solche Vorstellungen anders als mit Zorn beantworten, mit Entrüstung und Empörung? Gegen Naturkatastrophen, Erdbeben, Überschwemmungen, Vulkanausbrüche und Wirbelstürme, gegen das Rasen der Elemente sind wir machtlos, da hilft kein Zorn. Die Bombe aber ist nicht über uns verhängt von den Naturgewalten, sie ist Menschenwerk, Menschengehirn entsprungen, von Menschenhänden gemacht und an ihren Ort gebracht, um von Menschenhänden bedient zu werden zu unserer endgültigen Vernichtung. Sie ist nicht verhängt, sondern hergestellt, sie ist nicht geschickt, sondern herbeigeholt, sie ist kein Schicksal, sondern eine ungeheuer böse Herausforderung an das Schicksal. Wir könnten ihr, wenn wir nur alle wollten, ein Ende machen. Wir haben uns entschlossen, dieser Herausforderung friedlich zu begegnen, mit äußerstem guten Willen, und nicht einmal jenen Stein in der Tasche zu tragen, den David auf Goliath schleuderte. Wir singen Shalom und meinen Shalom, wir hüpfen dazu im Kreis, barfuß oft, anstatt unsere Stiefel auf das Pflaster zu knallen. Trotzdem dürfen wir nicht aufhören, die Flamme des Zorns zu hüten, die tief unten brennt. Sie gibt der Heiterkeit Kraft, der Freundlichkeit Gewicht, dem Gesang Stärke und den Worten ihre Unüberhörbarkeit.

***

Hin und wieder habe ich auf diese und ähnliche Weise dem Zorn das Wort geredet – später dann, nach dem Stationierungsbeschluß im Herbst 1983, mehr und mehr Versöhnung zu meinem Thema gemacht.
Bis zum Stationierungsbeschluß am 22. November 1983 hoffte ich, wie wir alle, daß die große Zahl derer, die ihre Überzeugung gezeigt hatte, mit zornigem Widerstand etwas hätte bewirken können, einen Aufschub vielleicht, eine Galgenfrist. Aber die Arroganz der Macht setzte sich über die Meinung der Mehrheit hinweg, weil sie keine parlamentarische Mehrheit war. Es würde also fortan nichts nützen, auch wenn die Hunderttausende zu Millionen anwüchsen, es würde nichts nützen, solange wir nicht das Parlament erreichten. Das vordergründige Ziel der Friedensbewegung, neue Raketen zu verhindern, mußte abgelöst werden von der aus tieferen Schichten heraufkommenden Absicht, Raketen überhaupt überflüssig zu machen durch friedliche Koexistenz. Das Wort »gegen« verlor

an Bedeutung, statt dessen wurde das Wort »für« zu einer wichtigen Vokabel. Für friedliche Koexistenz, für Versöhnung, für Sicherheitspartnerschaft, für Abbau der Feindbilder – statt Aggression Bereitschaft zur Verständigung – das bezieht sich auch auf den politischen Gegner im eigenen Land.

Ich fand es wichtig, an schon geschehene Versöhnungen zu erinnern: an das, was die katholische Organisation »Pax Christi« in Frankreich vollbrachte, die »Aktion Sühnezeichen« in Israel, was der unvergeßliche Victor Gollancz in England bewirkte und das Maximilian-Kolbe-Werk in Polen. Nie werde ich die rote Nelke vergessen, die auf der Motorhaube lag, als wir unser Auto auf einem Platz in Grünberg abgestellt hatten am Abend unserer Ankunft – oder das königliche Frühstück in Hirschberg, in einem Privatquartier, vom Hausherrn selber eingekauft, zubereitet und serviert für die deutschen Gäste.

Wer diesem Wort Versöhnung anhängt, versucht einen anderen Umgang mit dem Gegner, versucht, Aggressionen in Worten und Tonfall zu überwinden und alles daranzusetzen, Verständigung zu erreichen. Wir sind nicht mehr so sehr darauf aus, den anderen von der eigenen Meinung zu »überzeugen«. Überzeugen, das ist schon ein Wort aus dem Herrschaftsbereich, die Vorsilbe »über« deutet Herrschaft an. Was von vielen jetzt angestrebt wird, ist: verstehen und sich verständlich machen. Das trat deutlich zutage auf der großen Friedensversammlung im Herbst 1984 in Siegen. Es gab da, in einer der Arbeitsgruppen, ein Gespräch mit einem hohen Offizier, bei dem von vornherein feststand, daß weder er noch wir unseren Standpunkt verändern würden. Was wir anstrebten, war, einander zu verstehen. Der Offizier war ein überzeugter Christ. Er ließ uns wissen, daß das Ende des Krieges, die Vertreibung aus dem Osten mit ihren schlimmen Begleitumständen, ihn zu dem Entschluß gebracht hätten, sein Leben an die Aufgabe zu wenden, solches Unheil in Zukunft zu verhüten. Nicht die Lust am Kriegshandwerk, kein eingeschworener Antikommunismus hatten ihm eingegeben, Soldat zu werden, sondern eine stark religiös gefärbte Verpflichtung, Hüter seines Volkes zu sein und bereit, sich dafür zu schlagen. Für ihn bedeutete die Nachfolge Christi, dem Nächsten zu dienen mit der Waffe in der Hand. Nicht, daß diese Argumentation für uns etwas Neues gewesen wäre. Aber sie war blaß und papieren gewesen bisher. Aus dem Mund dieses redlichen Christen gewann sie ein ganz neues Gewicht. Sie wurde nicht plausibler, aber sie war gefüllt mit erlebtem Leben, das veränderte die Lage. Vor Jahren noch glaubte ich, jedem Soldaten mit Abscheu begegnen zu müssen. Es hätte mich erheblich gestört, die Kirchenbank teilen zu müssen mit einem vom Militär. Heute ist es mir möglich, auch in ihm den Bruder zu sehen. Den irrenden Bruder.

Ich weiß, daß auch ich für einen irrenden Christen gehalten werde in den konservativen Gemeinden, zumal den katholischen. Der Unterschied zwischen uns besteht aber darin, daß ich mich für den irrenden Bruder stark interessiere, mir wünsche, mit ihm reden zu können über das, was uns trennt – während er daran so gut wie gar nicht interessiert ist; niemals geht von dort eine Einladung zum Gespräch aus. Das Pfingstereignis, bei dem jeder eines jeden Sprache reden konnte und verstand, läßt sie kalt; es drängt sie nicht, sich mir verständlich zu machen, meine Sprache zu verstehen.

Hingegen stärken mich die christlichen Gruppen, in denen der Geist des Evangeliums lebendig ist. Je länger ich unterwegs bin von Podium zu Podium, desto deutlicher sehe ich, daß hier mein Platz ist. Nicht, daß ich die neutralen, die linksradikalen, die kommunistischen Gruppen hätte meiden wollen. Aber ich habe da Sprachschwierigkeiten.

Lieber gehe ich nach Hochdahl, nach Burscheid, nach Dellbrück, nach Urdenbach, Meckenheim, Kaarst, Brühl, Porz, Leichlingen, Viersen – lauter Nester im Sinn von »kleinen Orten« ebenso wie von Nistplätzen eines christlichen Friedenswillens, der es sich etwas kosten läßt. Was ich heimbringe, ist die Erfahrung eines neuen Gemeindelebens, getragen von Menschen, die politisch aufgeklärt sind und gewillt, ihre Kenntnisse und Erkenntnisse in christliches Handeln umzusetzen. Manchmal verbindet sich der Einsatz für Frieden mit dem Engagement für Probleme der Umwelt und für die Leiden der hungernden Völker. Dann bin ich erstaunt über das Ausmaß konkreten Wissens, über die Fähigkeit, solches Wissen in tägliches Handeln umzusetzen. Der Umgang mit dem Wasser, mit Energie, mit Verpackungsmaterial, mit dem Auto, mit Warenkonsum ist streng kontrolliert, die Bereitwilligkeit zu verzichten groß. Frauen sind es vor allem, die hier das Wort führen, unermüdlich in der Planung von Angeboten, mit denen sie zeigen wollen, wie sie Frieden verstehen. Mit mehrtägigen »Seminaren«, mit Ausstellungen von Büchern, Plakaten und Kriegsspielzeug, der Vorführung von Filmen; mit Vorträgen, Podiumsgesprächen und Gottesdiensten versuchen sie, neue Wurzeln in die Gemeinde auszustrecken. Sie laden Befürworter und Gegner von Atomwaffen aus der Bundeswehr ein, Theologen und Naturwissenschaftler, sie diskutieren die Verlautbarungen der Bischöfe, verfassen Thesenpapiere, stehen sich die Beine in den Leib bei allwöchentlichen Informationsständen. Ihre Mitglieder fahren, zu zweit oder dritt, in öffentlichen Verkehrsmitteln, provozieren dort Gespräche, um eine Diskussion über die Abschreckung in Gang zu bringen. Sie legen sich auf den Boden vor die Kirche, um ein »Menschenkreuz« zu formieren, oder legen ein Kreuz aus Blumen nieder zum Gedenken an die Hiroshima-Opfer und lassen dazu die Glocken läuten. Sie falten Kraniche und halten sich bei den Händen in einem Kreis auf der Straße, schweigend. Sie besprühen ein Stück Straße mit roter Farbe, vom Kasernentor bis zur Kirche eine blutige Spur. Ihre Gottesdienste, meist mit neuen Liedern von den vergangenen Kirchentagen, mit spontan vorgetragenen Fürbitten der Teilnehmer, sind bewegend. Sie verbringen ein Wochenende fastend und betend in einer Kirche, sie veranstalten lange Fußmärsche, zweihundert evangelische Frauen aus Südbaden kamen in die Bonner Kreuzkirche, um dort mit Politikern zu sprechen. In dem Gottesdienst erzählten die Pilgerinnen, alte und junge, bäuerliche Gestalten mit Strickjacken und schiefhängendem Knoten ebenso wie Frauen, denen das Gold um die Handgelenke klirrte, von den Erfahrungen des Weges. Von den Steinen, die schreien an unserer Statt, handelte ein Gebet.

In solchen Gruppen haben sich Frömmigkeit und politische Verantwortung miteinander verbunden: Die res publica ist zu einer Sache der Beter geworden. Was das Politische Nachtgebet in Köln Ende der sechziger Jahre anstrebte: die politischen Probleme betend zu bedenken, die Gebete mit politischen Inhalten zu füllen – das ereignet sich jetzt allenthalben. Den christlichen Gemeinden hat die Friedensbewegung starke Impulse vermittelt. Sie fangen an, sich neu zu begreifen: als Alternativen, als Kontrastmodelle, sie verstehen endlich, was Jesus meinte, wenn er sie »Licht« und »Stadt auf dem Berge« nannte. Es ist, als habe sich der große Strom, der kurz vor der Stationierung seinen höchsten Pegelstand erreicht hatte, nun zerteilt in kleine Rinnsale, die zum Teil auch unterirdisch fließen, im Tageslicht kaum sichtbar. Sie könnten auch als Hefe verstanden werden, die den abgestandenen Teig durchdringt, Gärungsprozesse in Gang setzt, sich einmischt: in Probleme des Straßenbaus, des Verkehrs, der Grundwasserqualität, der Abfallbeseitigung und -verwertung...

Das macht uns Hoffnung. Wir wissen, daß wir das Parlament erreichen müßten, daß nur Parlamentsbeschlüsse eine Kursänderung bewirken können. Die langsame, aber zähe Maulwurfsarbeit in den Gruppen muß das vorbereiten, gestützt auf ein beständig wachsendes, verändertes Bewußtsein – wenn es denn überhaupt gelingen soll, rechtzeitig.

***

Was das Podium betrifft – für mich mehr als zwei Jahre lang vorwiegend ein Ort der Ängste, der Erfahrung von Unzulänglichkeit – so steht es immer seltener vor einem

Auditorium, sondern ist zu einem Stuhl im Kreis der Gleichgesinnten geworden. Man verlangt nicht mehr so sehr nach dem Redner, der Argumente liefert, als nach dem Zeugen, der mitteilt, was er erlebt und erfahren hat, wie es ihm ergangen ist im Lauf seiner Biographie und was daraus Bedenkenswertes zu entnehmen ist. Glich der Abend im Dreikönigsgymnasium einem hitzigen Gefecht, so verlief, zwei Jahre später, der Vormittag in der Hildegard-von-Bingen-Schule, wo ich einfach etwas von mir erzählte, friedlich vor aufmerksamen Zuhörern. Einer davon soll beim Herausgehen gesagt haben: »Darüber müßte man ja wirklich mal nachdenken!«

Diese im Grunde doch recht laue Zustimmung erscheint mir schon viel. Aber wie gering ist sie angesichts dessen, was auf dem Spiel steht; auch angesichts all der aufwendigen Bemühungen, unsere Sache einsichtig zu machen. Immer lauert um die Ecke das Gefühl von Ohnmacht, wenn ich meinen Weg trotte von Podium zu Podium, und oft bin ich nahe daran, einzustimmen in das millionenfache »Wir können ja doch nichts machen!« Aber wenn sie denn nun schon denken, sie brauchten mich, dann will ich auch zur Stelle sein, will es dankbar annehmen, daß sie mit der Alten Schulter an Schulter stehen und gehen wollen. Ich bin nicht eine über dreißig, der man nicht traut, kein altes Eisen, kein alter Hut, nicht stehen- und liegengelassen im Abseits. Dies ist der Lohn, der die Mühe aufwiegt, daß ich bei den Jungen, mit den Jungen sein kann, daß sie meine Gefährten, meine Genossen sind.

Mir ist bange vor dem Tag, wo man die Alte, dann eine Uralte geworden, sich selbst überläßt, allein mit dem

Gevatter, der schon an der Gartentür steht. Aber das mag noch seine Weile haben…

Im Garten

Es stimmt alles nicht mehr: die Küche nicht und nicht der Gasherd und die braune Tasse zwischen den Papieren – so war es wohl, so ist es nicht mehr.

Ich wohne am Waldrand, in einer Straße, von Buchenhecken gesäumt, und ich habe einen Garten.

Wohnung und Garten kosten ein Sündengeld, lange konnte ich mich nicht entschließen. Aber als ich zum erstenmal kam, das Anwesen zu besichtigen, da blühten die Schneeglöcken, hingeschüttet waren sie über die beiden Beete vorm Haus, als habe einer Säcke voll Perlen ausgeleert – dem war nicht zu widerstehen. Es gab auch, in einer Ecke, ein Frühbeet, der vorige Besitzer hatte Lauch und Sellerie darin stehenlassen. Die Stangen grub ich aus und kochte sie, vom Lauch essend, verleibte ich mir den zukünftigen Garten ein.

Wer weiß, ob ich sonst nicht doch das Vorhaben wieder aufgegeben hätte. Der Garten hat eine lächerliche Form, zusammgestückelt aus einem Dreieck im Süden, einem schmalen Rechteck im Osten, das Ganze begrenzt von Holzzaun und Staudenpflanzen hier, einer Hecke da, einem Maschendraht dort und einer Mauer am Ende. Zwei schüttere Birken und ein ungefüger Klotz von Eibe haben ihre Füße auf diesem Grundstück – sie gefallen mir nicht, es sollte lange dauern, bis ich sie liebgewann. Doch ich unterschrieb den Vertrag nahezu blindlings, gierig nach dem Augenblick, wo ich mit der Zahlung der ersten Miete in den Besitz von Schneeglöckchen gelangen würde. »Meine Schneeglöckchen«, hörte ich mich sagen und »meine Birken«, wenn ich den Freunden von dem Garten erzählte, ich ertappte mich beim besitzanzeigenden Fürwort zu meiner Verwunderung (bis dahin hatte ich mich stets bemüht, es zu vermeiden). Wenn sie auch unansehnlich waren, die Birken, struppige Besen, schräg voneinander weggewachsen, giebelüberragend, ein V-Zeichen vor meiner Nase – es waren Bäume, mir überantwortet und anvertraut, ans Herz gelegt. Sie gehören mir, gehören zu mir, ich werde mit ihnen umgehen – ich hoffe, daß ich es lerne, wie man mit Bäumen umgeht.

Und mit den Tieren.

Mein Leben lang sind mir Tiere recht gleichgültig gewesen. Ich machte mir nichts aus den Fischen, dem Vogel, dem Hund, die ich für Anna anschaffte. Ich geriet nicht außer mir, wenn mir im Wald Reh oder Hase begegneten, hatte ein mäßiges Interesse am Zoo, hatte auch nie den Wunsch verspürt, mich auf den Rücken eines Pferdes zu begeben. Einzig die Vögel, ihre Stimmen, waren es, die mehr noch als Pflanzen und Steine mein Herz bewegten. Von allen Naturerscheinungen war mir das Vogellied die teuerste, deshalb der Frühling die liebste Jahreszeit. Für keine Musik, kein Theater, kein Buch, kein Gespräch hätte ich die Stunden hergegeben, zu denen die Vögel sangen, am frühen Morgen und am Abend bis zum Einbruch der Dämmerung, wenn der Schwall der Töne allmählich verstummte und nur noch hier und da, aus der Tiefe des Nestes, ein Laut drang, mit dem eine junge Amsel in den Schlaf schlüpfte.

Auch in der Stadt hatten sie gesungen, hatten mich nicht selten aufgeweckt vor Tag; aber in ihren Gesang waren die Tauben störend eingefallen mit ihren ungefügen

Lauten und hatten alles verdorben. Jetzt, im Garten, höre ich die Darbietung ungeschmälert, die Triller, die Triolen, die Kadenzen – und dazu den Kuckucksruf aus dem nahen Wald.

Ja, nur die Gefiederten, deren Stimme am meisten der Menschenstimme gleicht, hatte ich in mein Herz geschlossen. Im übrigen aber hatten weder mein Gefühl noch meine Gedanken die Tiere mit Aufmerksamkeit wahrgenommen. Schlimmer noch: Mücken, Fliegen und Wespen sowie Spinnen, Ameisen, Ohrwürmer und Nachtfalter hatte ich zertreten, erschlagen mit zusammengewundenem Handtuch oder gefalteter Zeitung; schnell und heftig mit Patschen sie ausgelöscht oder sie langsam und qualvoll verenden lassen auf Leimbändern, die von der Decke hingen. Allenfalls Käfer waren ausgenommen – wegen der Kuriosität ihrer Figuren, vermute ich, oder weil mir das leise Knacken des berstenden Panzers übel in den Ohren geklungen hätte.

Dem Ungeziefer insgesamt galt gedankenlose Vernichtung. Ich war ein Opfer des Kleinen Katechismus, der den Tieren eine unsterbliche Seele absprach, sie dem Menschen anheimgab zu gefälligem Gebrauch und Mißbrauch. Von Luthers liebem Wort: »Ich glaube, daß auch die Belferlein und Hündelein in den Himmel kommen«, hatte ich nie etwas gehört; daß der heilige Franz mit den Tieren geredet hatte, war mir ein Schnörkel an seiner Legende. Die Meinung der großen Kirchenlehrer, Augustinus und Thomas von Aquin, daß auch die Tiere eine unsterbliche Seele hätten, war mir nicht zu Ohren gekommen. Ich war eingeschworen gewesen auf Theodor Haeckers Lehre von der hierarchischen Ordnung der Schöpfung: ganz unten die

Steine, über ihnen die Pflanzenwelt, über dieser die Tiere, darüber der Mensch und ganz oben die Engel, Stockwerke, eins immer höher als das andere. Der auf dem vierten Stock, der Mensch, der konnte sich schon allerhand herausnehmen, ungestraft.

Ich glaube nicht, daß ich in der Kirche jemals ein Wort zur entsetzlichen Not der Tiere gehört habe. Bis zum Altar drangen sie nicht, die Hilfeschreie der gequälten Kreatur, auf Seziertischen gefoltert, bei blutigen Fangmethoden verendet, in Transportkäfigen erstickt – nein, davon sprach man nicht auf der Kanzel.

Das Interesse der Enkel für Leben und Art der Indianer brachte es mit sich, daß auch die Großmutter sich mit indianischem Wesen zu beschäftigen anfing. Ich erstand das wunderbare Tafelwerk, in dem der Prinz zu Wied seine Reise in das innere Nordamerika festhielt, kaufte Kinder-, Jugend- und Erwachsenenbücher zum Thema. Ich las vor und las selber und fühlte mich mehr und mehr betroffen von diesen Zeugnissen eines frommen Umgangs mit der Natur, von dem ich nichts geahnt hatte. Gleichzeitig erfuhr ich von den unbeschreiblichen Verbrechen der eindringenden Europäer, Christen zwar dem Namen nach, in der Tat aber Schinder, Betrüger und Räuber, Mörder nicht nur der eingeborenen Volksstämme, sondern auch der Tier- und Pflanzengeschöpfe. Einen dieser Berichte, den Büffelmord betreffend, konnte ich nur unter Tränen lesen. Drei Millionen und einhundertsechzigtausend Büffel erlegten weiße Jäger innerhalb von zwei Jahren, von 1872 bis 1874! Manchmal nahmen sie nicht einmal die Haut, weil das Abziehen ja Arbeit machte, sondern nur die Zunge – eine Delikatesse, die mit fünfundzwanzig Cents vergütet wurde. Von fünfzig Millionen Büffeln zu Beginn des Jahrhunderts zählte man 1969 in den USA nur noch 635, sechshundertfünfunddreißig.

Auch die Indianer haben natürlich Büffel gejagt – aber nie mehr, als sie zur Stillung ihres Hungers brauchten. Und wenn sie der Wiesenmaus etwas von den Erdbohnenvorräten wegnahmen, die diese für den Winter gesammelt hatte, dann baten sie dafür um Verzeihung und legten ihr ein wenig anderes Futter hin.

Ich las die Rede des Häuptlings Seattle an den amerikanischen Präsidenten, die mittlerweile zu einer Art Evangelium für die jungen Leute in der ganzen Welt wurde: »Jeder Teil dieser Erde ist meinem Volk heilig – jede glitzernde Tannennadel, jeder sandige Strand, jeder Nebel in den dunklen Wäldern, jede Lichtung, jedes summende Insekt ist heilig in den Gedanken und Erfahrungen meines Volkes... Die Luft ist kostbar für den roten Mann – denn alle Dinge teilen denselben Atem – das Tier, der Baum, der Mensch, sie alle teilen denselben Atem... Die Erde ist unsere Mutter. Wenn Menschen auf die Erde spucken, bespeien sie sich selbst. Denn das wissen wir, die Erde gehört nicht den Menschen, der Mensch gehört der Erde – das wissen wir. Alles ist miteinander verbunden wie das Blut, das eine Familie vereint. Der Mensch schuf nicht das Gewebe des Lebens, er ist darin nur eine Faser. Was immer Ihr dem Gewebe antut, das tut Ihr Euch selbst an.«

Solche Gedanken öffneten mir eine ganz neue Sicht dessen, was wir Umwelt zu nennen uns angewöhnt haben. Mehr und mehr erschien mir dies Wort als die bare Unverschämtheit. Die Präposition »um« setzt einen Punkt voraus, um den herum andere Punkte sich in Ruhe oder Bewegung befinden. Umwelt ist eine auf ein Zentrum bezogene Welt. Als Zentrum war auch mir bisher selbstverständlich der Mensch erschienen, der Mensch mit seinen Machwerken; in dieser Vorstellung liegt eine ungeheure Überheblichkeit. Ein Denken, so erschien es mir jetzt, das die Zukunft des Planeten ins Auge fassen will, müßte sich von dieser Voraussetzung abkehren, Welt nicht als Umwelt begreifen und den Menschen nicht als Ausübenden von Herrschaft. Der Mensch ist eingewoben in ein Netz von Beziehungen und Abhängigkeiten, in das er nur behutsam eingreifen, das er nur schonend verändern, aber keinesfalls zu wirtschaftlichem Nutzen zerstören darf. Er ist eingebettet in den Naturkreislauf wie alle anderen Geschöpfe, vom Elefanten bis zur Kellerassel, vom Eichbaum bis zum Sporenpilz, in den Kreislauf von Nahrungsaufnahme und Ausscheidung, in ein geschlossenes System, in dem die Bestände erhalten bleiben. Nichts ist für sich, immer ist es zugleich mit anderem und für andere da, und das Ganze ist ein unentwirrbares Gewebe, in dem er wurzelt, lebt und sich entfaltet, herausgehoben höchstens wie ein Wellenkamm aus der wogenden Flut. Bei solcher Erkenntnis angelangt, pflückte ich keine Blume mehr für die Vase und bemühte mich, kein auch noch so lästiges Tier zu töten.

***

Das war der Stand der Dinge, als mir der Garten zufiel. Und nun das Kaninchen!
Ich entdeckte das Loch in dem großen Beet vor der

Terrasse an einem der ersten Tage nach dem Einzug. Ich dachte gleich an ein Kaninchen. In der Tat sah ich es dann frühmorgens auf dem Rasen sitzen. Sofort wurde es mein Feind. Ich sah den Boden, aus dem das Grün zu sprießen begann, durchwühlt, kreuz und quer von Gängen untergraben, von Behausungen für die zweifellos zahlreiche Nachkommenschaft – am Ende war das Kaninchen weiblichen Geschlechts und schwanger. Aus den alten Zeiten stieg die Regung auf, den Störenfried kurzerhand zu beseitigen. Natürlich verschwand diese Regung – aber es blieb der Entschluß, den Bau zu zerstören. Mit der Nachbarin stand ich davor, und wir berieten die Maßnahmen. Sie war es, die darauf bestand, ich müsse mich vergewissern, daß keine Jungen in dem Loch steckten. Ich fuhr mit dem Besenstiel in die Öffnung, legte mein Ohr an den Erdtrichter – man hätte es hören müssen, wenn da junge Kaninchen gewesen wären. So schüttete ich das Loch zu. Ich schob eine schwere Steinplatte an die Stelle und fand mich gemein. Ich habe eine Wohnung zerstört und den Eingang versperrt, ich habe ein Tier seiner Bleibe beraubt, die es sich mühsam geschaffen hatte...

Das war der Beginn zahlreicher Konflikte, von denen ich mir vorher nichts hatte träumen lassen. Ich lernte es, Ameisen aus dem Wege zu gehen, wenn sie emsig ihrem Ziel zustrebten, statt meinen Fuß darauf zu setzen. Was aber, wenn sie bis in die Küche vordrangen, in Heerzügen? Ich lernte es, das nächtliche Gelichter der Weberknechte und Falter an der Wand neben meinem Bett zu ertragen und noch den Grashüpfer auf meinem Kopfkissen – schon war die Hand mit dem Buch erhoben gewesen, um ihnen den Garaus zu machen; aber ich zwang mich, die Besucher auszuhalten, und hatte trotz aller Befürchtungen eine ruhige Nacht.

Ich weiß nicht, wie es mir mit den Schnecken ergehen wird auf die Dauer. Noch trage ich jede einzelne, in ein Blatt gehüllt, ins Bad und spüle sie herunter; aber ich höre sie sprechen auf dem Weg, sie fragt mich, warum ich sie töten will. Ich murmle etwas vom Salat und den Sonnenblumen – darauf fragt sie, ob ich denn so arm sei, daß ich wegen ein paar Salatblättern eine Kreatur umbringen müsse. Ich weise daraufhin, daß es höchstwahrscheinlich einige Dutzend Schnecken geben würde und keinen Salat mehr, wenn ich sie leben lasse. Und daß es mir nicht um Salatblätter im allgemeinen gehe (ich könnte ihr ja welche kaufen, wenn es das wäre!), sondern um diese besonderen Salatblätter, in Reihen gesät, auseinandergezogen die jungen Pflänzchen mit der Pinzette, gedüngt, gegossen, herangewachsen zu dem »ungespritzten Salat« für die Enkel. Trotzdem, sagt sie, Salat wüchse noch und noch – aber sie habe nur das eine Leben. Aber da habe ich sie schon in den Schlund geworfen – gemein, abscheulich, eine Mörderin!

Eine Schnecke auf dem Salat im vergangenen Jahr – Hunderte in diesem Regensommer, große und kleine, und sie fressen und fressen. Fressen die dicke, fette Kürbispflanze, die blauen Wedel der Kohlrabi, die Zinnien und Malven, ja, noch die zähen Blätter des Wegerich, ausgebreitet über den Steinen. In der Nachbarschaft stellt man Gefäße auf mit Bier. Der Geruch lockt sie an und wird ihnen zum Verderben. Seufzend bequeme ich mich, das gleiche zu tun. Morgens gieße ich die Brühe weg, in der sie ertrunken liegen, sechzig, siebzig, achtzig Stück, ekle mich davor und vor mir selber, meinem Vernichtungswerk. Ich frage mich, warum ich ihnen ihr Futter nicht einfach überlasse, warum mir das Kohlrabi-Leben wichtiger ist, als das Schneckenleben – zumal der Preis des Bieres den des Gemüses weit übersteigt. Ist es deswegen, weil die Schnecken häßlich sind? Wären es Schmetterlinge, die mir die Pflanzen zerstören, ich glaube nicht, daß ich fähig wäre, sie im Bier zu ersäufen. Aber eigentlich sind sie auch wieder nicht häßlich, wie sie dahin wandern, fein geriffelten Leibes, die zwei Hörnchen voraus. Eher ist es so, daß das Auge den Widerwillen der Haut mitsieht, die mit dem schleimigen Überzug in Berührung kommt. Und warum nun wieder ist der Schleim so eklig? Warum dieser Abscheu, noch stärker als der vor Mäuseschwänzen und Spinnenbeinen und krabbelnden Asseln? Ich kann es nicht ableugnen, daß die Frage mich beschäftigt.

Ich hatte mich angefreundet mit der Amsel, die herbeihüpfte, wenn ich morgens beim Frühstück saß. Sie kam auf den Tisch geflogen und pickte nach Krumen, ganz nah kam sie und beäugte mich mit schwarzem Blick. Ich redete mit ihr, pries ihren Gesang, schmeichelte ihrem Gefieder, bat, sie möge doch ihr Nest in meiner Nähe bauen und so, daß ich vielleicht einen behutsamen Blick auf ihre Brut tun könne. Und dann ging sie hin und fraß die langerwartete einzige Knospe, die der Mohn hervorgebracht hatte, eine stachelbeerdicke Kugel, aus der es schon seidig hervorknisterte! Da war ich ihr wochenlang böse, brachte es nicht über mich, sie freundlich anzuschauen und das Wort an sie zu richten.

Dagegen grollte ich Elstern und Katzen um der Amsel

willen, trieb die Katze davon und scheuchte die Elster, sah mich unversehens hineingerissen in das Mörderspiel, das die Natur mit sich selber treibt und wir mit ihr. Gönnte ich der Amsel den Wurm für die Kleinen, die hungrig zeterten, oder dauerte mich der Wurm, wie er elendiglich zappelte in ihrem Schnabel? Ich war unschlüssig, wenn beim Hacken und Harken der Wurm sich herauswand und bloß lag – sollte ich ihn der Amsel überantworten oder ihn schnell wieder verstecken vor ihrem schwarzen Auge?

Was ich mit den Läusen gemacht habe, verschweige ich. Den Mund so voll genommen – und dann doch die Giftflasche hinterm Regenrohr! Heute weiß ich, daß man Knoblauchzehen neben die Rosen in den Boden stecken soll. Ob es hilft, wird sich zeigen.

***

Gottlob bin ich von Mäusen bisher verschont geblieben. Vor denen bewahrte mich das Euphorbium. Mit dem Euphorbium begann eine weitere Reihe von Konflikten. Auf welche Seite sollte ich mich schlagen in dem Streit: Kraut oder Unkraut?

Das Euphorbium ist eine höchst kunstvolle Pflanze. Mit der gewöhnlichen Wolfsmilch, einem eher zierlichen, auf Rundungen angelegten Gewächs, hat es wenig gemeinsam. Es erreicht Menschengröße und läßt einen quadratischen Bau erkennen, regelmäßige Stockwerke aus je zwei Blättern, die kreuzweis stehen, eng übereinander. Später verzweigt es sich zu einer Krone, treibt aus den Blattwinkeln kleine, gelbe Blüten ohne Stengel und ebenso stengellose Samen, sie gleichen dreimal geschnürten, kleinen Paketchen; auf Druck entquillt ihnen der weiße Saft, den alle Euphorbien produzieren. Eine charaktervolle Person ist das Euphorbium, ebenbürtig den Pflanzen, die um ihrer Blüte willen gezogen werden. Wie der Schaft da so vor meiner Schlafzimmertür steht, grüner Wächter, hat er etwas geharnischt Ritterliches; auch zeigt er ein Beispiel von Stärke, die sich aus Dürftigkeit nährt: er wurzelt in der Ritze zwischen den Steinplatten der Terrasse.

Aber, daran gibt es nichts zu deuteln: das Euphorbium ist ein Unkraut, das pflanzliche Pendant zum Ungeziefer. Es ist da, wo es nicht hingehört, und ich muß mich entscheiden, wie ich es mit ihm und seinesgleichen halten will. Strebe ich den »sauberen«, den »gepflegten« Garten an, in dem nur geduldet wird, was ich im Sinn habe, die prächtigen Blüten, die köstlichen Düfte, der gemähte Rasen, die gestutzte Hecke – oder lasse ich alles gewähren, Kraut wie Unkraut, mache von Schere und Hacke nur im äußersten Falle Gebrauch?

Bis jetzt gehörte ich nicht zu den radikalen Wildwuchs-Leuten. Den »Mut zur Wildnis« im Garten kannte ich nur vom Hörensagen. Ein gepflegter Garten hatte bis dahin noch keinerlei Widerwillen in mir geweckt, im Gegenteil. Von Haus aus war das Leitbild frei wuchernder Natur, der die Menschenhand mit Hacken und Jäten, Düngen und Gießen, Schneiden und Binden vorteilhaft beispringt, auch das meinige. Zudem: alle Leute hier haben gepflegte Gärten, und ich finde sie schön, soweit sie auf hochwachsendes oder kriechendes Nadelholz verzichten; das, so weiß ich schon lange, gehört nicht in den Garten. Ich meinte also, ohne es recht bedacht zu haben, daß ich es mit meinem Garten so machen wollte wie die anderen Leute: schöne Blumen und Sträucher in Fülle, das Unkraut ausrotten, Rasen und Hecke schneiden. Aber das Wort »Rasen schneiden« machte mich hellhörig. Den Rasen schneiden, morgen, übermorgen zum ersten Mal, Gänseblume, Hahnenfuß und Löwenzahn die Köpfe abschneiden? Das kann ich nicht. Keinesfalls jetzt, im Mai, wo sie eben frisch und leuchtend aus dem Gras hervorspringen.

Ich werfe einen Blick zu den Nachbarn rechts und links: sie tun es. Alle acht Tage rasselt die Maschine übers Gras und macht ihre Henkersarbeit. Ich finde das Ergebnis erfreulich – aber ich kann es nicht tun. Wenigstens nicht sofort und überall. Und so beschließe ich, nur das Rasendreieck beim Wohnzimmer kurz zu halten, im übrigen eine wilde Wiese zu behalten, zweimal gemäht, zur Heu- und zur Grummetzeit.

Euphorbium, ritterlicher Wächter, nicht nur vor meiner Tür – nein, Wächter auch darüber, daß hier ihm und seinesgleichen kein Leid geschieht. Soweit es möglich ist, ohne Ärgernis zu erregen in der Nachbarschaft, soll alles hier Raum finden, was wachsen will, Brennesseln sowohl wie Disteln, Raum für Wurzeln, Stengel, Blätter und Blüten. So wie sie sind, sind sie Teile des Netzwerks, in dem auch ich lebe. Ich will sie leben lassen, auch wenn ich nicht weiß, wozu sie gut sind.

Der Entschluß kostet mich nichts: im Gegenteil. Die Überraschungen, die er mit sich bringt, gehören zu den schönsten Gartenerlebnissen. Da wächst, aus ein paar gezähnten Blättchen, die ich nicht benennen kann, ein Holunderzweig, vervielfacht sich schnell, läßt den zukünftigen Busch ahnen, den Märchenstrauch, die weiße Blütenscheibe, das schwarze Beerengesteck – im nächsten Frühjahr werde ich ihn ans Gartentor pflanzen, es zu bewachen, wie er's tut in den alten Geschichten. Ein anderer unbekannter Sproß mit länglichen scharfgezackten Blättern gibt sich nach langen Wochen als Weberkarde zu erkennen, ein Dreizack, bewehrt mit je einer stacheligen Walze von strohiger Beschaffenheit, deren Hüllblätter rundgebogenen Haken gleichen. Die Walze ist eingeteilt in rautenförmige Kästchen, deren Ecken in stachlige Zipfel auslaufen; in den Rauten sitzen die winzigen zartlila Blüten. Die grünen Blätter, auf ihrer Unterseite mit scharfen Borsten versehen, stehen zu zweit einander gegenüber und sind am Grund zusammengewachsen zu einer Art Schüssel; darin sammelt sich das Regenwasser. »Venuswaschbecken«, so las ich es im Gartenbuch, wurde die Stelle von den Alten genannt. Und weiter las ich, daß dies Geschöpf mit seinen kriegerischen Eigenschaften der friedlichen Handwerkerzunft diente; man benutzte es zum Aufrauhen von Wollstoffen. Nicht auszudenken, was mir entgangen wäre, hätte ich dem Weberkarden-Sproß als einem Unkraut den Garaus gemacht.

Reichlicher noch wurde meine geduldige Neugier mit der Nachtkerze belohnt. Ohne zu ahnen, was daraus werden könnte, ließ ich die Pflanze stehen. Es entwickelte sich eine vielverzweigte Staude, sie wuchs und wuchs, wuchs bis zu Mannesgröße und trieb lange, spitze Knospen hervor. Und eines Morgens im Juli fand ich den Schaft samt seinen Seitentrieben über und über mit gelben Blüten bedeckt, schön gerundeten Schalen aus acht ineinandergeschobenen Blütenblättern von durchsichtiger Zartheit. Eine nach der anderen verging im Laufe des Tages, aber für jede, die sich schloß, öffnete sich eine neue, sie kamen und gingen, leuchteten Tag und Nacht bis in den September hinein und hielten mir ihre Predigt von der Vergänglichkeit des Schönen nach der Art des Königs Salomo.

Zur Nachtkerze gesellten sich, auf demselben armseligen Fleck an der Garagenmauer, Weidenröschen und Schafgarbe, Johanniskraut und Wilde Möhre und Breitwegerichpflanzen von bisher nie gesehener Architektur. Rosetten aus handtellergroßen Blättern bildeten da in mehreren Etagen ein Muster von größter Ebenmäßigkeit. Wenn es auch mit der Blüte, der pfeifenreinigerähnlichen Ähre, nicht weit her ist: das Blatt ist um so bemerkenswerter. Seine neun Rippen, im Stengel gebündelt, folgen in schönen, gleichschwingenden Kurven dem fächerförmigen Umriß; das Gebilde erinnert an die gotischen Baumeisterkünste, die aus den Pfeilerbündeln die Kreuzrippengewölbe sich entfalten ließen.

Die widerstandsfähige Struktur des Gewächses erweist sich am deutlichsten im Stengel. Versucht man, ihn durchzubrechen, so werden im Innern neun starke Fasern sichtbar, die sich durch Zug an beiden Stengelenden zentimeterlang spannen lassen wie die Saiten eines Musikinstrumentes – ein Wunderwerk, das die Enkel bestaunen.

Bei solchen Anlässen wird aus der Freude am Schönen, aus dem ästhetischen Vergnügen, eine eher fromme Betrachtungsweise des Gegenstandes, insofern als dieser auf seine Herkunft aus einer überwältigenden Intelligenz, einer unausschöpfbaren Phantasie verweist.

***

Es sind nicht nur die blühenden Blumen, Sauerampfer und Wiesenschaumkraut, Gundermann, Brunelle und Löwenzahn, um derentwillen ich das Gras stehenlasse. Es ist die Anziehung des Wortes »Wiese«, die ich seit je stark empfand. Es ist der bitterfrische Geruch, den sie mitteilt, das schleifende Geräusch, wenn meine Füße an den hohen Halmen vorbeistreichen. In der Frühe Wäsche aufzuhängen über den blinkenden Gräsern – dafür gebe ich fast alles weg, was wir mit Kultur bezeichnen, Museen, Theater und Konzerte.

Wäsche auf die Wiese aufhängen oder zum Bleichen auslegen, das gefällt mir. Zu sehen, wie Hemden, Nachthemden, Röcke, Blusen, große und kleine Tücher an der Leine hängen, sich drehen in absonderlichen Figuren, sich aufblasen und zusammenfallen – ich verweile bei dem Schauspiel, ehe ich mich wieder Horst Afheldts Theorie von der defensiven Verteidigung zuwende.

Das schönste Unkraut im Garten ist die Kamille. Zu dieser Pflanze besteht seit Kinderzeiten eine nahe Beziehung. Sie riecht nach den Berliner Tagen, die wir im Garten am Bahndamm verbrachten. Hier empfing ich meine ersten Eindrücke aus der Pflanzenwelt: die rote Tabakblüte und die gewaltige Kürbisfrucht waren die Wunder dieser Tage, Nachtkerze, Natterkopf und Johanniskraut, geheimnisvolle Geschöpfe. Über allem aber stand der Wohlgeruch der Kamille, streng und wild, der Inbegriff jenes letzten Kriegssommers, wie er dem Kind gegenwärtig war: Entbehrungen aller Art, ernste Gesichter der Erwachsenen, zugleich alle Ungebundenheit, die außerordentliche Zustände gewähren. Barfuß mit einem Stück Brot in der Hand lief ich die Böschung hinauf und hinunter und atmete die kräftige Ausströmung der Kamille mit Wohlbehagen ein.

Im Kamillenduft ist das Bild aus der Vergangenheit aufgehoben mit allen Gefühlen und Empfindungen, die das Herz des Kindes bewegten: das Damals, das Einst ist da mächtig gegenwärtig. So lasse ich das Kraut an seinem Platz beim Rosenstrauch, es wächst und wächst und verzweigt sich zu einer lockeren Krone, lieblich stehen die weißen Sterne zu den schweren dunklen Kelchen der Rose. Wenn ich draußen sitze im sinkenden Abend, bei aufsteigender Nacht, dann bin ich hier, aber auch dort, wo ich einmal gewesen bin.

Die Kamille gieße ich täglich, ebenso den Klee, der sich über die Platten breitet als lockeres Gespinst, mitten darin eine kleine Himbeerstaude. Klee, Gräser, Himbeere und Beifuß haben sich auf den Steinen zu einem Arrangement zusammengefunden, das von einem Gartenarchitekten nicht reizender hätte erdacht werden können. Ich hüte dieses ungeplante Grün ebenso wie die Löwenmäulchen, deren prächtigste ebenfalls in Ritzen verwurzelt sind. Sie wuchsen, nach kurzem Schuß in die Höhe, waagerecht in den Raum, hoben sich dann wieder, schön geschwungene Kandelaber, und tragen nun ihre Blüten auf kräftigen Stengeln. Noch am Neujahrsmorgen, aus frostharter, beschneiter Erde, leuchteten mir die letzten davon entgegen mit unverwüstlichem Rot.

***

Zwölferlei Kraut ziehe ich, weniger für die Küche, mit der es bei mir nicht weit her ist, als für die Nase; und insgeheim wahrscheinlich vor allem wegen der Namen. Das alpenländisch gefärbte Wort Liebstöckl, Rosmarin und Thymian, dem Volkslied entstiegen, Estragon und Basilikum, in deren Namen Drachen und Basilisken wohnen, Minze, Melisse und Salbei, Tausendgüldenkraut und Pimpinell – an all diesen Worten erlabe ich mich, wenn mein Kopf voll ist von Mißbildungen wie Preisfreigabe, Zinsertragssteuer, Eskalationsschwelle, Entscheidungsebene, Bund- und Länder-KompetenzVerknotungen, Vermittlungsausschuß, Problemeinschätzung, Abgabenbelastung, Marktsättigung. Zudem erfreut es mich, den Geschichten nachzusinnen, die die Phantasie der Vorfahren meinen Pflanzen zusprach: wie Kamille, die Heilgehilfin, ehemals menschlicher Gestalt, es mit einer Nymphe getrieben haben soll, dieserhalb von den Priestern zum Tode verurteilt, von der Göttin jedoch in eine Pflanze verwandelt wurde, als die sie unter uns weiterlebt. Ähnliches geschah bei Pelos in der Landschaft Elis der Melisse, der Geliebten des Hades, von Persophone zerrissen in wilder Eifersucht, wieder auferstanden, um uns als Tee zu dienen. Auch den Majoran soll es einst in Menschengestalt, als Priester der Aphrodite, gegeben haben.

Leute kommen zu Besuch, die wollen mir helfen, den Salat anzurichten. Sie gehen durch den Garten und suchen dies und jenes zusammen, nicht nur aus dem Kräuterbeet. Sie nehmen auch von den Blättern der Kapuzinerkresse, des Löwenzahn, des Sauerampfers, des Spitzwegerich, der Minze, nehmen die Blütenköpfchen von Borretsch und Gänseblume. Ich möchte nicht

sagen, daß ich den Geschmack solcher Salate dem üblichen vorziehe; aber das Bewußtsein, wilden Wuchs zu
essen, von mir nicht gesät, gepflanzt, gegossen, hat
etwas Stärkendes, etwas, was mit dem Wort »gefeit«
zusammenhängt. Und ich werde mir bewußt, daß der
Garten mehr ist als eine gefällige Anordnung von Blumen und Grün. Er bietet mir eine Lebensgemeinschaft
an. Er läßt sich sehen, dies zuerst; er läßt sich, im
sanften Rauschen der Blätter an Baum und Strauch,
auch hören, er läßt sich riechen, schmecken und fühlen,
ich fühle ihn, wenn ich auf dem Rasen liege, wenn ich
die Blüten berühre, die Rosen, die Fuchsien, die Ake-
leien, den Mohn, wenn sie mir ihre Zärtlichkeit, ich
ihnen die meinige mitteile.

***

Dem abnehmenden Lebensdrang muß es wohltätig
erscheinen, am Wachstum von Kreaturen teilzunehmen. Deshalb der beständige Wunsch, in der Nähe der
Enkelkinder zu sein. Nicht weniger treibt es die Alte,
die Pflanzen wachsen zu sehen, ihr Wachstum behutsam zu lenken und zu fördern.
Gewiß, dem Grünen war ich schon immer zugetan. Ich
hatte es schreibend und redend zu verteidigen versucht
gegen die Angriffe des Straßen- und des Wohnungs-
baus, der Industrie, der Flurbereinigung, der touristi-
schen Einrichtungen. Kreuz und quer war ich unterwegs gewesen, von einem Kampfschauplatz zum anderen, hier und da war ein kleiner Sieg errungen worden.
Was ich zu retten versucht hatte, waren »Grünflächen«

gewesen nach dem Sprachgebrauch der Raumplaner, Wald- und Ackerland, die zu Flugplätzen, Autobahnen, Atomkraftwerken, Kanälen, Talsperren, Versuchsstrecken, Industriegelände, Wochenendsiedlungen hätten werden sollen. Grünflächen. Sie waren in meinem Blickfeld gewesen, und ich hatte getrauert darüber, daß sie unterm Beton begraben werden sollten. Aber Gras und Kraut und Strauch waren mir nie leibhaftig geworden, flüchtige Reisende, die ich war. Ich liebte sie in Bausch und Bogen, aber nicht jedes für sich nach seiner Gestalt und Art. Ich war der, wenn auch teilnahmsvolle, Beobachter draußen.

Jetzt habe ich mich eingeflochten, eingewoben, eingeknüpft in einen Teppich aus Grün. Wenn ich, tief gebückt oder auf den Knien, mit diesem Grün beschäftigt bin, die Nase am Boden, dann sehe, dann rieche, dann fühle ich das Muster, Kette und Schuß. Vielleicht bin ich allzusehr zufrieden? Diese neue Existenz ist eine kulinarische, sie verschlingt Eindrücke bis zur Unersättlichkeit, mästet sich an schönen Bildern, kann nicht genug kriegen vom Blau des Rittersporns, vom Blinken und Glänzen der Blätter im Sonnenlicht, vom gigantischen Wuchs des Herkules, vom gelben Bauch der Kürbisfrucht beim Mistbeet. Ein Vielfraß bin ich, schlage mir den Bauch voll mit Nektar und Ambrosia, liege satt auf der Bärenhaut und lasse mir »die Gedanken vermasseln vom Humbug der Natur«, so wie Gottfried Benn das sieht.

Immerhin gibt es auch allerhand Sträuße auszufechten mit dem Grün. Danach sind die Beine von Brennesseln gesengt, die Finger von Disteln und Dornen zerstochen und blutig verletzt vom Schnitt mit der Heckenschere.

Die Knochen geschunden, der Rücken steif – ja, der Rücken macht erhebliche Beschwerden. Will ich die Knie schonen, muß ich mich bücken. Vor Zeiten sah ich ein Symbol in dieser Knechts- und Demutshaltung des Gärtners – so hochgestochen denke ich nicht mehr. Ich denke »Verdammt« und noch einiges Unflätige, was ich von den Enkeln gelernt habe, wenn mir das Kreuz weh tut.

Was hatte ich nicht alles machen wollen: die freie, allzu freie Terrasse seitlich abgrenzen mit Glas oder Holz oder Drahtgitter oder Ziegelstein; Kästen besorgen für Rankendes und Schalen für Hängendes; Toledo, Sevilla wollte ich an die Hauswand zaubern und ein Stück Alpenland mit kriechender Flora; ein kleines Feuchtgebiet herstellen, wie sie in Mode gekommen sind, in der Hoffnung, daß zumindest ein paar Mückenlarven sich bequemen würden, dort Wohnung zu nehmen; Efeu und Farn aus dem Wald holen für die Mauer beim Eingang – schließlich war ich froh, daß die Enkel da ein paar Kartoffeln in die Erde setzten. Verwegene Vorhaben, die Rechnung ohne die Bandscheibe gemacht.

Schon der Rasen war eigentlich nicht zu bewältigen, schnaufend, Schweiß wischend, von Schwindel befallen, so trabte die Alte hinter dem Gerät, kratzte später ächzend mit dem Drahtbesen das Heu zusammen, trug es zum Komposthaufen oder in die Mülltonne, obwohl das verboten ist, zur Pferdekoppel, in den Wald. Die anfallenden Mengen von Simsen und Seggen, von Honig-, Rispen- und Knäuelgras sind kaum zu bewältigen und geben mir das Gefühl, ein landwirtschaftliches Anwesen zu betreiben.

Ein Stück Rasen hatte ich umgraben und zubereiten

wollen – nach der Vorschrift für die Saat von Wildblumen – was auch immer das sein mochte. Das gab ich auf, nach weniger als einer halben Stunde. Den Spaten hineintreiben mit dem Druck des Fußes, das brachte ich wohl noch fertig, aber ihn herausheben aus dem verwurzelten Erdreich, das war so mühevoll, daß ich auf das Vorhaben ein für allemal verzichtete. Es gelang auch kein Entwurf, wie der übernommene Bestand an Pflanzen und die Neuerwerbungen zu vereinen seien, wo was zu stehen hätte, wo das Hohe, wo das Niedrige, wo die sonnenhungrigen, wo die schattenbedürftigen Gewächse. Die Versuche, eine Ordnung zu schaffen (oder besser: eine kunstvolle Unordnung), eine Gliederung von Farben und Formen, die gingen fehl.

Auch wenn ich mich auf die Kunst verstünde, Natur zu gestalten – es wäre jetzt zu spät, die Glieder taugen nicht mehr dazu. Ich muß es bewenden lassen bei diesen einfältigen geraden Beeten, durch Steine vom Rasen abgetrennt, bei diesen abgebrochenen Kurven, ohne Schwung, bei diesen zufällig plazierten Versatzstücken von Grün; muß froh sein, wenn mir die Kraft bleibt, ein paar Pflanzen irgendwo, wo es sich gerade machen läßt, zum Blühen zu bringen.

Gib dich zufrieden, Alte! Auch ohne die Gartenkunst ist dir viel und reichlich zugefallen mit diesen paar Quadratmetern vor deiner Tür. Du kannst im Freien sein!

Im Freien sein von morgens bis abends, hinaustreten, wann immer mir der Sinn danach steht und das Wetter es erlaubt – das ist der Zauber, der es mir angetan hat. Ich muß nicht wegfahren, um dort hinzukommen, wo ich sein will. Ich muß nur eine Tür aufmachen und bin schon da.

Im Freien! Die Freiheit, im Freien zu sein, erscheint mir als die begehrenswerteste. An alle, die viele Stunden ihres Tages in geschlossenen Räumen zubringen müssen, denke ich mit großem Mitgefühl: an die Leute in den Läden, den Sparkassen, den Betrieben, den Werkstätten, den Schulen, den Krankenhäusern, den Büros. Für einige Jahres meines Lebens gehörte auch ich zu diesen Eingesperrten. Es war das, was ich im Büro am schwersten ertrug: die Wände. Daß etwas zu war. Daß die Luft sich nicht bewegte. Daß da nur Gemachtes war um mich herum, abgesehen von ein paar Topfpflanzen. Das Offene tut mir wohl. Deshalb stehen im Sommer alle Türen offen, die Luft streicht von einem Zimmer ins andere und gibt mir das Gefühl, mit dem Universum verbunden zu sein. Das Offene, als Bereich unbegrenzter Möglichkeiten, unvorhergesehener Begegnungen. Wenn ich eines Tages nicht mehr sehen, nicht mehr gehen, nichts mehr schreiben kann, wenn ich nichts mehr behalte von dem, was ich lese, wenn mich die Menschen nicht mehr mögen und ich die Menschen nicht, dann bleibt, hier draußen zu sitzen oder herumzugehen und teilzunehmen am Dasein der Tiere und Pflanzen, am stillen Reichtum ihrer Lebensäußerungen – es wird doch wohl in Gottes Namen jemand geben, der dann den Rasen schneidet?

Außerhalb des Gartens bestimmt Sorge mein Leben. Sorge um mich, um die Meinen, um die Freunde, um den Lauf der Welt. Ich kenne fast keine Menschen, denen es gut geht. Alle tragen sie Lasten, die oft über ihre Kräfte gehen, in der Familie, im Beruf; von Krankheiten sind sie gequält, von Geldsorgen geplagt. Schon die, die hier im Wohlstand leben, beschweren mir das Herz, von denen zu schweigen, deren Elend mir täglich vor die Augen und zu Ohren kommt, und ganz zu schweigen von dem, was sich in der schwarzen Wolke verbirgt, die am Horizont hängt und uns mit ihrer Androhung von zukünftigen Schrecken die Gegenwart verdüstert.

Ich bin in Sorge eingesponnen, Sorge durchtränkt mich von Kopf bis Fuß – Fröhlichkeit, was ist das?

Der Garten erscheint mir als Zauberreich, in den die Sorge nicht eindringen kann. Gewiß, es gibt die Bekümmernisse um dies oder jenes Gewächs, das nicht gedeiht, wie es soll; um das, was Wind und Regen oder lang anhaltende Trockenheit anrichten; um den schäbigen Rasen, und wer stutzt mir die Hecke? Aber Sorge nicht. Im Garten gelingt die Flucht vor der Sorge vollkommener als bei Musik und Lektüre oder im Spiel mit den Kindern. Ich weiß, was ich tue, wenn ich der Sorge entfliehe, es mir wohlsein lasse im Garten. Weiß, daß ich mir das nicht gönnen dürfte, weiß, daß ich die Solidarität breche mit den Leidenden, wenn ich hier herumgehe und mich ergötze an Blüte, Baum und Strauch. Oder sind sie erlaubt, diese letzten, leichteren Atemzüge, ehe die große Atemnot kommt, in der ich dann schließlich ersticken werde?

Es wird mir deutlich, wie groß das Verlangen gewesen sein muß, auf dem Land zu leben, in unmittelbarer Nähe des Grünen, das ich ein halbes Leben lang beschrieben, für das ich Lanzen gebrochen habe. Wo ich auch gehe – ich bin im Freien, sehe viel Himmel über mir und die großen Wolkenspiele des Frühjahrs, des Herbstes uneingeschränkt. Ich bewege mich durch einen Überfluß an Grün, Baum und Strauch und sehe überschwenglichen Blumenschmuck in den Gärten. Ringsherum Wiesen und Felder, da weiden Pferde, da lagern Kühe, und zwei Schafe grasen unter Apfelbäumen beim alten Forsthaus; nie versäume ich, ihnen abgerupftes Grün hinzuhalten, wenn ich vorbeikomme, den mampfenden Mäulern zuzusehen. Ich strecke auch meine Hand durch den Gitterzaun und versuche, das Fell zu berühren, aber das haben sie nicht gern. Schafe, Kühe, Pferde – noch am Sonntag im Gottesdienst kann ich, wenn ich aus dem Fenster schaue, draußen Stute und Fohlen gemächlich vorüberziehen sehen.

Ich lebe auf dem Land, ab und an höre ich einen Hahn krähen, einen Frosch quaken, und außer den kunstvoll hergerichteten Gärten der neuen Bewohner findet sich hinter den älteren Häusern auch vielfach noch ein Wiesenstück, mit Obstbäumen bestanden. Am Stamm lehnt die Leiter, lehnen die Bohnenstangen, da steht ein Sägebock, Holz ist geschichtet beim Schuppen, Wäsche hängt auf der Leine. Hier stehen sie noch in der Schürze am Zaun oder in der Haustür zu einem Schwatz mit der Nachbarin. Hier wohnen die kleinen Leute, die ihre Anwesen bestellen, ihr Gemüse ziehen, Hühner und Kaninchen halten, vielleicht ein Schwein.

Es gibt auch noch ein kleines Stück »Dorfstraße«, eidechsengleich windet sie sich dahin, wie es sich für eine Dorfstraße gehört, an ihrem Ende stehen die beiden letzten Bauernhöfe, in dunklen Schuppen beherbergen sie die Ackergeräte, Ungetüme aus Rädern, Kästen, Messern, Haken, mit dem turmhohen Sitz des Fahrers, vor denen die Enkel erschaudernd stehen.

Geschichte, auch wenn ihre Spuren verweht sind, imprägniert den Ort. Fünf und ein halbes Jahrhundert ist er alt, 1449 hatte er, das habe ich nachgelesen, zwölf Häuser. Dreihundert Jahre später begann er von sich reden zu machen, ein Mond, auf den der Glanz der kurfürstlichen Sonne gefallen war. Der Kurfürst ließ ein Schloß und eine Kapelle bauen, weihte die Kapelle dem heiligen Venantius, einem aus dem Dämmer der Legende herausleuchtenden, jugendlichen Märtyrer. An der Kapelle, die mehrfach umgebaut und erweitert wurde, komme ich vorbei auf dem Weg zur Papierhandlung; das Schloß steht nicht mehr, ich kann es mir nur noch einbilden. Dieses Schloß, Herzogsfreude, das die beiden Bonner Schlösser, ja, selbst noch Schloß Brühl in den Schatten gestellt haben soll – es fiel keinem Unglück zum Opfer, nicht Krieg noch Brand, sondern der Habgier der Franzosen, die es abrissen, einen Teil der Steine zum Festungsbau nach Wesel transportierten. Des Schlosses Herrlichkeit hatte keine fünfzig Jahre gedauert! Nichts blieb leibhaftig von ihr übrig, als die Wetterfahne und die Initialen C und A, Clemens August, die dem Wirtshaus als Aushängeschild dienen. Aber wenn ich, Kartoffeln, Quark und Tomaten im Körbchen, zwischen Spar und Edeka die Stelle überquere, auf der sich das Schloß erhob, erbaue ich in der Schaltpause zwischen Rot und Grün das Monument in meiner Vorstellung; es gibt dem Alltag eine festliche Dimension.

Ich lebe auf dem Land, und ich lebe da von Herzen gern. Nicht nur wegen des so reichlich vorhandenen Grüns, auch wegen des Pflugs im Schuppen und der paar windschiefen Fachwerkhäuser am Wege. Ist es die pure, dumme Nostalgie, die mich in den Fängen hat, die Zivilisationsmüdigkeit der Aussteiger, die Schwärmerei fürs Altertümliche? Ich weiß doch, daß da nur ein paar Requisiten noch herumstehen und daß die Kulisse höchst schadhaft ist.

Trotzdem, der Augenschein hält noch Wohltätiges genug bereit: die Nähe von Kreaturen, menschliches Maß des Gebauten, der Straßen und Wege. Noch kann ich hier den Geruch einer Vergangenheit einatmen, die mehr vergangen ist als je eine zuvor.

Ich weiß, daß ich mich zurückgezogen habe. Abgeschnitten von der Welt, die Hand nicht mehr am Puls der Zeit, die Konflikte nicht mehr präsent, die Freunde schwer erreichbar. Keine dicken Türkinnen, keine randalierenden jungen Leute in provozierenden Verkleidungen und Haartrachten. Alle sind gekämmt, gebürstet und gewaschen, sie begrüßen mich freundlich, wenn wir einander begegnen, und der Alte zieht, wie er mir entgegenkommt, wahrhaftig den Hut. Keine Arbeitslosen, keine Handzettel verteilenden Kommunisten. Eine Insel der Wohlhabenheit und Wohlanständigkeit, auf der Gedanken an Veränderungen, gar an Umsturz, nicht gedeihen.

Ob es mir nicht doch leid tue, fragen die Freunde in Köln. Nein, es tut mir nicht leid. Die Art von Welt, die mich hier umgibt, tut mir wohl. Die aggressiven Bilder und Geräusche der Stadt, der Gestank der Abgase, die Menschenströme, nach Käuflichem unterwegs, das Zeug, der Kram, der Plunder, der aus den Läden bis auf die Straße quillt – froh bin ich, dem entronnen zu sein. Welches Recht ich denn habe zu solchem Rückzug, diese Frage wirft tief innen ihre Blasen, spuckt auch hier und da einen Brocken aus von Unmut und Mißvergnügen darüber, daß ich mich einlullen lasse vom Grünen. Aber es kommt mir ganz unmöglich vor, je wieder zurückzugehen. Auf Tod und Teufel kralle ich mich an diesem Boden fest mit den schwarzen, kurzgeschnittenen Fingernägeln, an diesem meinem letzten Platz nach soviel Aufenthalten anderswo.

***

Am liebsten fahre ich abends mit dem Fahrrad in den Wald. War es heiß tagsüber, trete ich ins Kühle ein. Ging der Wind allzu heftig, ist er hier beschwichtigt, war der Tag geschäftig, läßt er nun der Muße Raum. Ein schöner Mischwald auf den ersten Blick, mit einigen Beständen alter Eichen, ganz alte darunter, denen man Namen gegeben hat. Unzugängliche Dickichte, Buchenhaine, gelegentlich ein Durchblick auf mehrfach hinter- und übereinandergeschobene Kulissen und Prospekte von Grün wie aus dem Sommernachtstraum. Ein Bilderbuchwald auf den ersten Blick. Wenn ich es nicht besser wüßte. Seit kurzem weiß ich, daß dieser Wald nicht weniger gefährdet ist als die anderen. Nach den Worten des Forstmanns ist es lauter trügerischer Schein, an dem ich mich ergötze. Die Hälfte der Laub- und Nadelhölzer ist geschädigt, zum Teil auch schon abgestorben. Zehntausende von Bäumen, darunter dreitausend mehr als hundert Jahre alte Buchen, werden in den kommenden Monaten gefällt werden müssen, weil die Gefahr besteht, daß dicke Äste brechen oder ganze Bäume umstürzen auf ahnungslose Spaziergänger. So wird der Wald in einigen Regionen Ähnlichkeit bekommen mit den Schreckensbildern aus dem Erzgebirge. Nach den neuen Aufforstungen wird er einer riesigen Schonung gleichen, die man mit Zäunen vor dem Wild wird schützen müssen.

Das ist die Wirklichkeit – für die nahe Zukunft.

Wenn ich auf einer Bank sitze an dem Wasserloch, fast versteckt hinter einer dichten Hecke aus Brombeere, Distel, Wildrose und Geißblatt, wenn ich das Gegurgel und Geblöke der Frösche höre und die Libellen dahinschießen sehe über den schwarzen Spiegel, dann bin ich geneigt, an der Voraussage des Forstmannes zu zweifeln (wie übrigens alle Welt das hier tut). Der Augenschein ist noch stark genug, mich über die Gefahr hinwegzutäuschen.

Doch wittre ich mehr und mehr das Unheil, das in der Luft liegt. Es ist kaum zu sehen – aber ich spüre es auf der Zunge als bitteren Beigeschmack. Daß ich die Gefährdung mit den Augen nicht wahrnehmen kann, ist bedrohlicher, als wenn sie sich der Netzhaut zeigte. Die schöne Täuschung des Abends! Sie entläßt mich beunruhigt.

Der freundliche Bereich, in dem ich nun wohne mit seinen angenehmen Häusern und Gärten, mit den Buchenheckenwegen, dem Anger, der Linde – all das gerät ins Wanken wie von einem plötzlichen Windstoß, der das Gewitter ankündigt. Nichts mehr ist so, wie es scheint, alles schon getroffen von der giftigen Ausdünstung, die den Wald befallen hat wie ein Krebs. (Las ich nicht neulich den Bericht über ein Forschungsergebnis, wonach die Nähe eines sterbenden Waldes für den Menschen eine Zone erhöhter Krebsanfälligkeit sei?).

Aus dem Wasserloch, bei dem ich sitze, steigt das Entsetzen auf über das, was vor sich geht mit Wald und Wasser und Luft, in den Weinbergen und an den Strömen, in den Flußtälern und am Wattenmeer, im Gefolge von Autobahnen und Schnellstrecken, von Atomkraftwerken und Giftgasdepots; in den Laboratorien, wo sie auf allerstillste Art unser aller Sterben mit tödlichen Bakterien vorbereiten; Entsetzen über das, was vor sich geht mit dem Wein und den Nudeln, mit Salat und Äpfeln, Kälbern, Schweinen und Hühnern in ihren Käfigen; über das, was vor sich geht mit Dachs, Otter und Biber, Storch und Eule, mit Auerhahn und Uhu, die bei uns nicht mehr leben wollen. Die sterbenden Bäume, begleitet vom gemäßigten »Wer-hat-dich-du-schöner-Wald«-Lamento der deutschen Seele, sind ja nur eines in der Reihe der Todgeweihten, dahinsiechend, ohne daß wir unsere Stimmen zu mehr als gewöhnlicher Lautstärke erheben. Wir halten es ja nicht aus, das Unglück wirklich ins Auge zu fassen. Auch ich halte es nicht aus. Ich kleide mich ins sterbende Grün, in mein Feierabend- und Abendlustkleid, lobe die Gaben des immer noch Grünen und beteilige mich, als sei nichts geschehen am großen Kehraus, mit dem wir die Natur zum Abfall werfen.

***

Gegen Ende des Sommers nimmt das Wilde überhand, der Wuchs ist kaum zu zähmen. Astern und Cosmeen erreichen Menschengröße, sie umschlingen sich, ziehen sich gegenseitig zu Boden, bilden ein Gewirr von Stengeln, Blättern und Samenständen; die Kräuter wuchern über Stock und Stein. Am tollsten treibt es die Kapuzinerkresse, die sich mit ungeheuren Blättern und orangeroten und gelben Blüten voll auf die Beerensträucher wirft und sie allmählich zudeckt. Die stachellose Brombeere, die schon die Hauswand in ihrer ganzen Breite eingenommen hatte, hat mein Fenster erklommen und sich mit wuchernden Zweigen hier eingerichtet. Sie steckt sogar einige Spitzen durch die Kippöffnung der Scheibe ins Zimmer hinein. Wurzelnd im Schutt, weder getränkt noch gedüngt, wird sie in ihrem Wachstumsdrang ohnegleichen womöglich noch das Bett erreichen. Könnte man es hören, wäre es ein gewaltiges Getöse, das da vollführt wird, eine Art Schlachtenlärm, bevor sie sich ergeben, wenn die ersten Fröste anrücken.

Der kommende Winter! Früh genug hat er sich angekündigt mit tagelangen Regengüssen, mit Kälte. Die Birken fangen an, ihre Blätter abzuwerfen, bald wird das schirmende Grün entlaubt sein, ich werde die häßlichen Häuser wieder sehen, die es so lange verbarg. Kahle Bäume, kahle Hecken, kahle Beete... Bis zur letzten Stunde werde ich die Heizung abgestellt, die Türen offen halten, draußen sein und versuchen, nach den Anweisungen der Gartenbücher die notwendigen Arbeiten zu verrichten.

Werde ich das? Werde ich Stauden teilen und verschiedene Immergrüne durch Absenker vermehren? Werde ich die Himbeerhecke anlegen und die Brombeere in eine gehörige Form bringen, ihr ein zugängliches Drahtspalier anbieten? Werde ich die übrigen Beerensträucher, die nichts brachten, ausgraben, um Kürbisbeete anzulegen? Werde ich Rosen und Forsythien schneiden? Allenfalls werde ich das bunte Beet abräumen, keinesfalls aber gut verrotteten Stallmist und etwas Knochenmehl auf dem Boden verteilen und mit einer Gartengabel einarbeiten. Ebensowenig sehe ich mich den Rasen mit einem Verticutiergerät bearbeiten und die moosbewachsenen Stellen mit fünfprozentiger Teeröllösung behandeln. Ich werde ihn auch nicht entwässern, so sehr die Worte Steinsplitt, Schutt, Klinkerbruch und Asche mich dazu verführen möchten. Um den Kompost werde ich mich nicht kümmern, das schon gar nicht. Das alles erlaubt der von Tag zu Tag mehr schmerzende Rücken nicht mehr. Ich werde in Mantel, Mütze und Pelzstiefeln draußen sitzen, bis der Frost mich vertreibt, den Blick auf die leeren Beete gerichtet. Sie werden sich neu begrünen und Blüten tragen im nächsten Jahr.

Hingegen ich?

Im Knochengehäuse

Sie ist da nicht mehr: nicht in der Küche, nicht auf dem Boden bei den Kindern, nicht im Garten, auch nicht auf dem Podium – nicht da, nicht dort, nicht hier –

Sie hat sich zurückgezogen in sich selbst, in ihr Knochengehäuse, wohnt nirgends mehr als in ihren Knochen, in diesem Skelett, in dem es bröckelt. In dem etwas vorgefallen ist, peinlich vorgefallen. Der Vorfall bestimmt von da an alle ihre Schritte. Da hockt sie, im Lendenwirbelbereich, und beobachtet von morgens bis abends und von abends bis morgens (denn sie schläft kaum), was sich da abspielt.

Wie da eine Schwere sich auszubreiten beginnt in der Gegend der Hüfte, eine Schwere, die sich augenblicklich in einen Schmerz verwandeln kann, einen drückenden, einen reißenden Schmerz; wenn sie geht, zwingt er sie zum Stehenbleiben und zum Atemholen. Der Schmerz ist im rechten Oberschenkel als eine Art Muskelverspannung; er bewirkt, daß das Bein bei jedem Schritt seitwärts weggleitet. Am Unterschenkel macht er sich auf andere Weise bemerkbar, ist eher ein Hautschmerz, als riesle Sprudelwasser durch die Gefäße. Im Fuß schießen die Schmerzen zusammen, vornehmlich nachts, zu einem heißen Brennen, um gleich darauf Eisesgefühle zu verbreiten und die Empfindung, als presse ein Stahlband die Zehen zusammen. Es muß ein Stau stattfinden innerhalb der Blutbahn, so kommt es ihr vor. Und das sagt sie dann dem Arzt.

Der Arzt empfiehlt eine Untersuchug der Blutgefäße an

den Füßen. Dazu muß sie in die Stadt fahren, da haben sie eine spezielle Klinik für solche Untersuchungen. Nach kurzer Wartezeit wird die Patientin in den Keller geführt, über Zweittreppen, durch Gänge, die Wände voller Rohre, durch Zwischentüren, Zwischengelasse und neue Gänge. Am Ende des Weges eine dunkle Kammer, wo der feuchte Stift über ihre Füße geführt wird, auf und ab, auf und ab, bis sich Fleisch und Blut in ein Kurvenbild verwandelt haben, das rätselhaft vor sich hinflimmert.

Störungen waren da aber nicht festzustellen.

Ist es nicht die Durchblutung, müssen es die Nerven sein. Ein eingeklemmter Nerv, Ischias, jeder Dritte ihrer Bekanntschaft hat damit zu tun. Aber die beiden Ärzte in der Familie runzeln die Stirnen, schütteln die Köpfe. Ischias! Das ist Volksmund. Da müsse sie sich schon um eine genauere Diagnose bemühen.

Statt einer Diagnose bekommt sie von ihrem Doktor eine große Schachtel mit Tabletten in die Hand und eine Spritze ins Gesäß gedrückt. Sie schlägt nach im Bestseller *Bittere Pillen,* was sie davon zu halten hat. Sie erfährt: die Medikamente sind »unzweckmäßig«, von ihrem Gebrauch »ist abzuraten«. Da legt sie die Pillen beiseite.

Sie hört von einem Präparat aus tierischer Substanz, eine Freundin hatte es sich verschreiben lassen, es war erfolgreich. Der Arzt kennt es nicht, wahrscheinlich hält er von dergleichen nichts, ist aber nicht ablehnend. Informationen werden beschafft, ein dickes Heft voller Informationen kommt an. Sie erhält eine Nachhilfe-Lektion in Biologie: daß die Zellen ihres Körpers Eiweiß aufbauen, ein Vorgang, den der Zellkern steuert. Als Vermittler solcher Steuerungen dienen die Ribonucleinsäuren. Wenn diese »Botenstoffe« nicht mehr in ausreichender Menge vorhanden sind oder zu schnell verbraucht werden, ist der Eiweißaufbau gestört. Dann gilt es, den Zellen von außen, über einen gewissen Zeitraum hin, Ribonucleinsäure zuzuführen. Damit werden sie instand gesetzt, schließlich aus eigener Kraft ihre Bauarbeiten wieder aufzunehmen.

Obwohl sie sich nichts vorstellen kann unter einer Säure, die Proteine steuert im Raum des Zellkerns, macht sie sich mit dem Gedanken vertraut, daß Gewebe aus dem Fleisch junger Tiere, vielleicht eines Kälbchens, eines Schweinchens (wenn auch in verflüssigter Form) in ihr eigenes Fleisch Eingang finden und die Lage zum Besseren wenden könnten. Der Gedanke ist ihr willkommen, auf solche Weise Blutsbrüderschaft mit einem Tiergeschöpf einzugehen.

Die Spritzen bringen eine vorübergehende Besserung. Sie bewegt sich leichter, steht auf und bückt sich ohne Anstrengung – aber nach kurzer Zeit stellt sich der alte beklagenswerte Zustand wieder her.

***

Sie scheut sich davor, abermals zum Arzt zu gehen, der neue Tabletten und Spritzen verordnen wird. Bei aller Sympathie für diesen Mann, von dem sie viel Zuwendung und Aufmerksamkeit erfährt, empfindet sie Mißtrauen gegen seine Medikamente. Sie beschließt, sich nach einer anthroposophischen Praxis umzusehen. Durch Freunde bekommt sie eine Adresse: eine Ärztin, der man viel verdanke. Aber sie sei überlastet, fraglich, ob man bei ihr ankomme. Die Leidende versucht es mit einem Brief, schildert ihren Fall, bezieht sich auf die Freunde und erbittet einen Termin. Das Telefonat mit der Dame im Vorzimmer läßt sich zunächst ungünstig an. Aber das Versprechen, es bei ein- oder zweimaliger Konsultation zu belassen, erwirkt ihr schließlich ein Datum – allerdings erst nach vierzehn Tagen.

Die Ärztin hat etwas von einem freundlichen Bauernmädchen, rotwangig, blankäugig, mit leisen, sanften Bewegungen. Sie hört die Besucherin an, fragt einiges, untersucht auf der Liege Beine und Füße und meint daraufhin, man würde das wohl in den Griff bekommen. Sie verschreibt Medikamente und ansteigende Fußbäder und verbreitet Hoffnung im Knochengehäuse.

Die wohltätigen Verschreibungen der Rezeptur sind teuer. Das verschmerzt sie in Anbetracht der Neigung, sich mit mineralischen und pflanzlichen Stoffen zu verbinden. So nimmt sie die Dosen und Tuben und Fläschchen gern entgegen: das Öl des Eisenhuts und eine Salbe, die Kupfer enthält, Pillen aus Gelbwurzel, Schöllkraut, Aloe, Podophyllwurzel, Chinarinde und Enzian – die Namen sind ihr von Kind an vertraut. Vom Zinnkraut, von den Birkenblättern, dem Wacholder und der Goldrute kennt sie die Gestalt. Wie könnte Orphenadrinhydrorgenicitrat vor der Mariendistel bestehen?

***

Nicht nur Tierisches, Pflanzliches, Metallisches holt sie sich zur Unterstützung der Knochengebrechlichkeit; auch magnetische Kräfte werden ihr angetragen. Die Freundin der Freundin der Freundin bietet sich an, sie zu besuchen mit ihrem Wundergerät, schleppt den schweren Kasten ins Haus und hantiert mit all seinen Kabeln und Schläuchen und zusätzlichen Utensilien auf völlig undurchschaubare Weise.

Das Gerät beruht auf der Tatsache, daß der menschliche Körper, wie alle Körper, von ultrafeinen elektromagnetischen Schwingungen durchpulst wird. Im kranken Körper finden sich neben den gesunden Schwingungen auch solche pathologischer Art. Diese nun kann das Gerät unschädlich machen, indem es nicht nur die gesunden Impulse verstärkt, sondern auch den kranken Kraft entzieht und sie damit ausmerzt. Auf diese Weise wird die gestörte Leibesordnung wieder hergestellt, wird Heilung bewirkt.

Die Diagnose, die der Therapie vorausgeht, ist verblüffend. An bestimmten Reflexpunkten, an die Kuppen von Fingern und Zehen, legt man eine Art Stecker an, wonach sich auf der Skala des Gerätes ein Ausschlag zeigt. Der gibt ein Zustandsbild der Energieströme im untersuchten Organ. Bei einem Ausschlag in der Mitte der Skala (50) ist das Organ gesund. Eine geringere oder höhere Zahl als 50 gibt an, ob es mit verminderter oder mit überschießender Kraft arbeitet. Eine Entzündung zeigt eine übersteigerte, ein degenerativer Prozeß eine verminderte energetische Ausgangslage an.

Hat es die Diagnose mit elektronischem Spürsinn gestellt, soll das Gerät auch in der Lage sein, den jeweiligen Erkrankungen die entsprechenden Medikamente zuzuweisen. In die Vertiefungen einer kreisrunden Wabe, die durch Kabel mit dem Kasten verbunden ist, werden der Reihe nach etwa dreißig Glasröhrchen gegeben. Dasjenige Medikament, das den Ausschlag des Zeigers auf die Gleichgewichtszahl 50 bringt, indem es die Körperenergien mindert oder mehrt, enthält die heilenden Substanzen; meist sind sie pflanzlicher Art.

Das Gerät soll sich auch auf die Heilung durch Farben verstehen. Die Farbtherapie, so hört sie, betrachtet Farben als Signale, die sich auf die Energieströme im menschlichen Organismus günstig auswirken, nicht nur durch die Augen, auch durch die Haut dringen sie in den Körper ein. Was den Rittersporn in ihrem Garten betrifft, so hat sie eine solche Wirkung am eigenen Leib verspürt, als das nachtdunkle Blau der Rispe ihr ins Auge drang – sie sah nicht nur, sie fühlte die Intensität dieser Farbe als überwältigende Gewalt. Farben als Kräfte, als Kraftspender – das ist ihr keine verstiegene Vorstellung. Warum sollen sie nicht über die Nerven, die ihre Reize empfangen, auch Organe beeinflussen können? Daß Rot den Herzschlag beschleunigt, Gelb die Drüsen anregt, Blau Entzündungen hemmt und Grün beruhigend auf das gesamte Nervensystem wirkt, das kann sie leicht akzeptieren.

Mit Musik- und Dufttherapie ist sie schon lange vertraut vom Hörensagen; sie begrüßt es dankbar, daß diese sanften Wege des Heilens heute wiederentdeckt werden. An dem Wort »sanft« hängt sie, seit sie es bei E. F. Schumacher zum ersten Mal las, dem Verkünder der »Soft technology« und dem Erfinder des Slogans »Small ist beautiful«. Sie freut sich, dem Wort ebenfalls in der Bibel zu begegnen, als Jesus die Sanftmütigen selig pries. In solchen Zusammenhängen sieht sie sich wohl aufgehoben, auch der tückische Schmerz kann ihr dies Gefühl nicht verderben.

So ist ihr das Prinzip des magnetischen Geräts einleuchtend, es erfüllt sie mit Staunen und Bewunderung. Aber die Behandlung ist teuer, an eine Anschaffung ist nicht zu denken, höchstens gestattet sie sich den Versuch, es vorübergehend zu mieten.

Für vierzehn Tage stellt man ihr ein mit grauen Schläuchen versehenes Kästchen zur Verfügung, einen Sprößling des großen Kastens. Sie schlingt die Schläuche um Hüfte, Bein und Fuß und versucht, daran zu glauben, daß sich nun der heilende Austausch durch Schwingungen vollzieht. Aber vielleicht glaubt sie nicht genug daran; sie verspürt jedenfalls keinerlei Wirkung.

Die Tier- und Pflanzenmedikamente, die magnetischen Kräfte – diesen Ausflug in die alternative Medizin beendet eines Tages der Arzt, dem sie auf der Straße begegnet. »Ja, aber wie gehen Sie denn?« ruft er entsetzt. Und er zieht die Ausbrecherin sozusagen am Schlafitt in die Praxis, greift in seinen Schrank und händigt ihr eine Packung Tabletten aus sowie eine Überweisung zum nächsten Orthopäden. Die Abtrünnige leistet keinen Widerstand mehr. Die täglich wachsende Schwierigkeit, ohne Unterstützung auch nur wenige Schritte zu gehen, die zermürbenden Schmerzen bei Nacht haben sie kirre gemacht. Sie schluckt die Chemikalien.

Und sie sucht einen Orthopäden auf.

***

Sie hat, nach einigen schlechten Erfahrungen, kein gutes Verhältnis zu Orthopäden. Entsprechend dem grobschlächtigen Material, mit dem sie umgehen, haben sie oft etwas Derbes, sind wenig verbindlich, leicht ungeduldig, der Hammer in ihrer Hand erscheint als ein Sinnbild. Wie wäre es zu wünschen, daß sie die kranken Stellen genau und aufmerksam betasteten, dem Schmerz nachspürten – offensichtlich scheuen sie die Körperberührung, die doch unerläßlich ist, wenn einer das Heilen zu seinem Beruf gemacht hat.

Obwohl der bröckelnde Zustand der unteren Wirbel bereits vor Jahresfrist im Röntgenbild sichtbar gemacht worden war, muß ein neues angefertigt werden. »Nicht bewegen – nicht atmen – wieder atmen!« – wie viele Male hat sie schon unter diesen Kommandos auf der Pritsche gelegen, und wie viele Male wäre es nicht notwendig gewesen! Was die Aufnahme zeigt, wird ihr nicht präzise mitgeteilt. Dafür wird sie zu einem Flimmerkästchen geführt, er nennt es Oszillograph, davor soll sie sitzen und »das Beinchen« baumeln lassen. Sofort ist ihr der Mensch unangenehm – wie alle Männer, die »Beinchen« sagen! Lange und etwas ratlos, will ihr scheinen, beschäftigt sich der Doktor mit dem »Beinchen«, das er andererseits aber auch als ein »sportliches« bezeichnet, und kommt zu dem Schluß, daß der Schmerz im Fuß von der Deformation des Fußgewölbes herrühre; deshalb sei eine Einlage zu verschreiben. Bedenklicher aber als der Schmerz seien die Anzeichen einer beginnenden Lähmung – und tatsächlich kann sie die große Zehe nicht heben.

Es hat etwas Gespenstisches, zu erleben, daß ein Glied dem Impuls, den der Kopf ihm zuschickt, nicht mehr gehorcht. Sie kneift die Augen zu, beißt die Zähne zusammen, konzentriert sich angestrengt auf den Befehl an den unbotmäßigen Gehilfen – vergeblich. Er rührt sich nicht. Auch der Test mit der Nadel verläuft ungünstig. Der Fuß, eiskalt, spürt nur einen minimalen Reiz durch die Nadelspitze, weithin bleibt er empfindungslos, taub.

Nach diesen Feststellungen sitzt der Doktor nachdenklich vor dem baumelnden Beinchen und fragt, wie sie denn zu einer Operation stünde.

Das Wort trifft sie nicht unvorbereitet. Peter und Ruth, die Freunde, haben das hinter sich, haben ein langes Krankenbett und eine lange Zeit der Wiederherstellung in einer Klinik gut überstanden, fühlen sich wohl und munter – »wie neugeboren!«, sagten sie. Für sich selbst empfand sie einen ungeheuren Schrecken vor diesen Schritt.

Der Arzt scheint ihre Bedenken zu teilen. Er erwähne es nur, sagt er; er selbst wolle dazu nicht raten – in ihrem Alter. Wenn sie glaube, mit solchen Einschränkungen wie den gegenwärtigen leben zu können, dann solle sie sich nicht operieren lassen.

Alles, was er sagt, verrät eine gewisse Ratlosigkeit. So überrascht es sie nicht, daß er ein komplizierteres Diagnoseverfahren als die bisherigen vorschlägt: das Computertomogramm, das den kranken Körperbereich millimeterweise zu Papier bringt. Für dergleichen ist der Radiologe zuständig.

***

In der Praxis des Radiologen wird die Patientin zu einer Liege geführt, nacktes Holz, auf dem sie sich ausstrecken muß. Nach umständlicher Lagerung von rechts nach links, von oben nach unten, rückt man eine Art Gewölbe über ihren Leib, einen hölzernen Tunnel, wie ein Alb hockt das auf ihrer Brust, ruckelt und rappelt in Abständen ein wenig nach rückwärts, wobei es ein Quietschen hören läßt wie von einer alten Schranktür. Sie würde sich gern vorstellen, was da geschieht. Wie da die Wirbelsäule Scheibchen für Scheibchen dem Röntgenauge untergeschoben wird, was für eine Art Bild da entstehen mag, und ob es zeigt, wo und wie der eingeklemmte Nerv seinen Sitz hat. Aber ihre Lage ist so unangenehm und schmerzhaft, daß es zu solchen Vorstellungen nicht kommt. Einzig die vergehenden Minuten sind in ihrem Bewußtsein – wie lang ist eine halbe Stunde!

Sie erfährt kein Ergebnis. Dieses wird dem behandelnden Arzt telefonisch mitgeteilt. Ein teilweiser Vorfall der Bandscheibe. Und sie solle einen Neurologen aufsuchen. Auch wäre ein Szintigramm erwünscht – worauf sie sich aber nicht einläßt.

Alle die -gramme, die das Innere nach außen kehren und den Befund aufschreiben in ihrer zittrigen Kurvenschrift! Anstatt deren Wohltätigkeit anzuerkennen, mißtraut sie den Kurven und ihren Deutungen. Warum – das kann sie nicht erklären.

Sie geht noch einmal eigene Wege, versucht, sich einen Pfad zu schlagen durch den Dschungel der Medizin – mit Hilfe von Auskünften, mit Hilfe all der Empfehlungen, die ihr mündlich, telefonisch, schriftlich, über eine dritte Person unterbreitet werden. Medikamente werden angeboten aus der Nachbarschaft, schmerzstil lende, muskelentkrampfende, nervenberuhigende zuhauf. Ein gutes Dutzend Personen erweisen sich als Leidensgenossen und teilen einschlägige Erfahrungen mit. Ein Ehepaar kommt ins Haus zur Begutachtung der Sitzgelegenheiten in ihrer Wohung; sie taugen alle nichts, sind zu hoch, zu niedrig, zu schräg, zu weich gepolstert. Dieser erzählt von einer gelungenen Operation, jener von einer leidlich zufriedenstellenden, der dritte muß noch ein zweites Mal unters Messer. Sie führt Telefongespräche in alle Himmelsrichtungen: man kann nicht genug Informationen sammeln, so die einen; das müsse doch völlig konfus machen, all diese verschiedenen Auskünfte, so die anderen.

Auf Elisabeth K. in Rheinbach schwört der eine, auf die Nonne in Pützchen der andere, auf den Chiropraktiker im Westerwald der dritte, Franz hält es mit der Eutonie, Hanna mit Fußzonenreflexmassage. Von Krankengymnastik ist die Rede und von einem Wünschelrutengänger, der den Standort des Bettes überprüfen soll. Vielleicht sind unterirdische Wasseradern an allem schuld? Sie bestellt einen Holzlattenrahmen für das Bett – Sprungfedern, noch dazu, wenn sie von Laternenlicht beschienen werden, sollen etwas äußerst Gefährliches sein.

Und wie steht es denn mit der Ernährung? Sie solle ihre Eßgewohnheiten umstellen, wird ihr dringlich geraten. Der eine bringt ein Lehrbuch von Bruker, der andere eins von Schnitzer mit. So fängt sie an, fleißig Möhren, Sellerie, Rote Bete, Fenchel und Blumenkohl zu raspeln, wozu sie sich seit Jahren nicht mehr hatte entschließen können. Und sie kauft eine kleine Mühle, um die Sechs-Körner-Mischung frisch zu schroten zum

Frühstück. Zwar mag sie Gemüse lieber gekocht und Körner lieber in Brotform – aber wenn es denn ums Leben geht, schickt sie sich darein.

Sie bekommt die Telefonnummer des Chiropraktikers im Westerwald, dazu eine Dringlichkeitsempfehlung, denn der Mann nimmt eigentlich niemanden mehr an. Aber wie soll sie nach Rottbitze kommen?

***

Sie verschafft sich die Anschrift einer Person, die Eutonie-Kurse abhält – aber die finden zur Zeit weit weg statt, in Bad Pyrmont oder in der Rhön. Sie kauft ein Buch über Eutonie und vertieft sich in die Lehre vom Spannungsausgleich.

Ebenso einleuchtend wie das Phänomen der magnetischen Schwingungen im menschlichen Körper ist das Phänomen des Spannungsgefüges innerhalb der Muskulatur, das noch die feinsten Gefäße einbezieht. Ist es heil, dann lebt ein Mensch ausgeglichen, im Einklang mit sich und der Umwelt. Ist es verletzt, dann gibt es Verspannungen und Blockaden, sowohl die leibliche wie die seelische Entwicklung ist behindert.

Sie, seit kurzem hockend im Knochengehäuse, aufmerksam für das, was sich begibt zwischen Muskeln und Gelenken, zwischen Umwelt und Haut, zwischen Schwung und Schwerkraft, sie weiß, wie sehr das bei ihr im Argen liegt. Wie oft sind die Hände zu Fäusten geballt ohne ersichtlichen Grund, die Arme an den Leib gepreßt, die Oberschenkel sprungbereit, ist die Bauchdecke gespannt, das Gesäß eingekniffen. Keine Bewegung, die sie mit Leichtigkeit vollzöge, alles geht vor sich mit einer Art von Ächzen, bei zusammengebissenen Zähnen.

Sie hat nach außen gelebt, angestrengt: mit der Familie, den Freunden, mit Schreiben und Reden, mit den tausend Angelegenheiten, mit denen sie befaßt war. Von sich selbst nahm sie nur flüchtige Regungen wahr: Wünsche, Ärger, Angst, Sorge und den großen, großen Zorn auf die Mächtigen, die uns zu verderben im Begriff sind. Sie hat nicht mit sich selbst gelebt, nicht bei sich, sie wollte das auch nicht, wie es war, war es ihr gerade recht. Aber sie hatte nicht bedacht, daß sie damit in Zwietracht geriet mit ihrem Körper. Sie hatte ihn angetrieben wie einen störrischen Gaul, heute hierhin, morgen dorthin, vom Spülkram in den Hörsaal, vom Schuheinkauf für die Enkel auf die Kanzel, vom Frühstück mit den Freunden zum Plakatekleben für Annas Liederabend, von der Studentengemeinde zum Krankenbett, vom Staubsauger zum Fotografen, vom Unkrautjäten zu den Korrespondenzen über inhumanen Strafvollzug und überflüssigen Straßenbau. Nein, bei sich war sie selten, sie ging nicht mit sich um, kontrollierte sich nicht, nicht im Sitzen, im Gehen, im Stehen.

Das hat sie nun davon. Jetzt klappert sie mit Speiche und Elle, klimpert mit dem Schlüsselbein, scheppert mit den Knochen an Hand und Fuß, raschelt mit den Schulterblättern, sitzt im Becken am Fuß der Säule und schüttelt den Schädel über das, was sich jetzt in ihrem Leben zugetragen hat!

Sie sieht es ein, daß da etwas geändert werden muß. Sie ist bereit zu lernen, wie man förderlich umgeht mit

Rumpf und Gliedmaßen und allen Eingeweiden, wie man die inneren Räume erkennt, ein Gleichgewicht herstellt zwischen Spannen und Lösen; wie man die eigenen Lebensprozesse denkend und fühlend mitvollzieht. Dazu braucht es, dem Lehrbuch zufolge, nicht viel. Minimale Bewegungen, auf dem Fußboden auszuführen, zwei Tennisbälle, kleine Holzkugeln, Bambusstäbe. Sie hält es nicht nur für möglich, auch für geraten, sich mit Eutonie zu befassen. Sie meldet sich an für den Kurs in Bad Pyrmont. Sie erwischt den vorletzten Platz im Hotel. Der Fahrplan bietet einen durchgehenden Zug. Sie freut sich auf das Unternehmen. Aber kurz vor der Abreise sind die Nächte so schlimm, bereitet ihr der Fuß so viel Pein, daß sie beschließt, auf die Reise zu verzichten. Am fremden Ort, im fremden Haus, im fremden Bett solche Nächte! Das macht ihr Angst.

***

Statt dessen sucht sie nun doch den Neurologen auf. Der Ernst, mit dem dieser der Patientin zuhört, wirkt fast düster. Er fordert sie auf, ein paar Schritte zu machen. »Aha!«, sagt er – in der Tat müssen sie kümmerlich aussehen, diese Schritte mit dem immer wegrutschenden, ins Abseits gleitenden Bein! Aufforderung, auf den Hacken zu gehen. Das gelingt nicht, der rechte Fuß klappt herunter wie ein Briefkastendeckel, ebenso bringt sie es auch hier nicht fertig, die große Zehe zu heben. Das Urteil: Operation so schnell wie möglich. Überweisug an die Neurochirurgie. Die ganz geringe Chance, daß sie dort Spritzen in den Wirbelkanal bekommt, unter Vollnarkose, mit Krankenhausaufenthalt. Eile ist geboten, jeder weitere Tag in diesem Zustand schädigt den Nerv womöglich unwiderruflich. Weitere Lähmungen (der Blase, des Darms) können plötzlich eintreten.

Äußerste Niedergeschlagenheit. Resignation.

Wenn es denn also sein muß – wohin soll sie gehen? Wo kann sie sich gut aufgehoben fühlen? Soll sie es mit der hiesigen Universitätsklinik wagen? Jemand erzählte, sie machten dort tausend Operationen dieser Art im Jahr, unter den Oberärzten seien drei Professoren, über die Pflege sei nicht zu klagen. Ein anderer empfiehlt ein seit kurzem arbeitendes Klinikum in der Nähe, empfiehlt den leitenden Arzt aufs wärmste. Sie bittet dort um einen Termin zur Konsultation und Vorbesprechung. Der Professor ist in Urlaub und erst in vier Wochen wieder zu sprechen.

Vier Wochen! Ein Aufschub, den der kranke Nerv tödlich übelnehmen könnte. Soll sie sich nicht kurz entschlossen zur Operation dort, wo sie wohnt, anmelden?

Nein. Obwohl es sie gruselt, wenn sie abends ihr Schlafzimmer betritt, vor der Pein der vor ihr liegenden Stunden, dem langsam anschleichenden Schmerz, der sie nicht schlafen läßt – obwohl also der momentane Zustand fast über ihre Kräfte geht, wehrt sie sich immer noch. Sie will und will und will das nicht. Horror vorm Krankenhaus im allgemeinen und einer langwierigen Rekonvaleszenz, in der schönen Jahreszeit insbesondere, Angst vor dem, was ihr passieren könnte (sie weiß, daß sie einen Passus unterschreiben muß, womit sie in alle Eventualitäten einwilligt – aufwachen und gelähmt sein, teilweise oder ganz und gar!). Sie hat zwei Operationen ohne Murren überstanden, gefaßt, was sein muß, muß sein, sie ist doch kein Jammerlappen! Aber dies geht an den Lebensnerv. Nichts wird sie unversucht lassen, diesen letzten Schritt zu verweigern.

***

Sie bittet den Wünschelrutengänger zu sich, den sie ausgekundschaftet hatte. Im Ort, in den der Wald mit seinen Sümpfen und Teichen ein Übermaß an Nässe entläßt, hat er eine ausgedehnte Klientel. Der Dr. Z. betritt das Haus, schon im Flur streckt er der Bewohnerin sein Gerät entgegen: eine unscheinbare metallene Schlinge, er testet damit ihren Zustand. Das Ergebnis, so sieht es aus, erfüllt ihn mit Sorge.

Sie ist von Strahlen belastet, eine geopathische Belastung nennt er das. Sie führt ihn an ihren Arbeitsplatz, an dem er nichts Wesentliches zu bemängeln hat. Jedoch sei es ratsam, meint er, den Tisch mehr nach rechts zu rücken, den Stuhl an die rechte Ecke des Tisches zu setzen: dann habe sie einen günstigen Platz »auf dem Kreuz hinter dem dritten Gitter«, der »Linea eloquentiae« mit hoher positiver Strahlung. Und er erzählt, daß dieser Ort im Kirchenbau eine Rolle gespielt habe, indem man nämlich mit der Plazierung der Kanzel sich nach dieser »Linie der Beredsamkeit« gerichtet habe; so sei es zu erklären, daß in barocken und Kirchen die Kanzeln mal rechts, mal links, mal vorne, mal mehr hinten an den Säulen hingen.

Dann gehen sie ins Schlafzimmer, und da wird nun

sofort offenkundig, daß es mit dem Standort des Bettes nicht zum besten, sondern ausgesprochen schlecht steht. Die gequälte Bandscheibe liegt genau auf dem Kreuzpunkt zweier Wasseradern – was sie als eine außerordentliche Irritation empfinden muß. Und so kommt, was zu befürchten gewesen war: die strenge Weisung, das Bett an eine andere Wand zu rücken, wenn ihr die Nachtruhe lieb sei.

Das bedeutet, daß die Anordnung des Meublements im Schlafzimmer, in der sie sich so wohlfühlte, zerstört werden muß. Die Ersatzlösung ist kläglich. Zudem ist wieder einmal ein Hundertmarkschein fällig: für den Rutengänger und für den Mann aus der Nachbarschaft, der die Schränke rückt.

An ihrer Schlaflosigkeit ändert sich nichts.

***

D. bietet sich an, ihr seinen Termin bei Schwester Reintraud zu überlassen. Diese soll mit außergewöhnlicher Heilkraft begabt sein, eine Atemtherapeutin aus dem Sacré-Coeur-Orden in Pützchen. Ebenso überlastet wie alle Heiler aus dem alternativen Bereich, hätte sie für eine neue Patientin keine Stunde freimachen können. Aber D. hat von Zeit zu Zeit einen Termin, D., den sie kaum kennt, der aber immer wieder anruft und fragt, wie es ihr ginge, macht ihr dies ebenso kostbare wie ungewöhnliche Geschenk. Er holt sie ab und bringt sie zurück, dazwischen liegen zwei Stunden im Kloster, in einer Dachwohnung über dem Kindergarten, die man der Ordensfrau für ihre Praxis überlassen hat.

Die Schwester ist eine große, schlanke und schöne Frau, kurzgeschnittenes dunkles Haar, schwarze Hosen, schwarzer Pullover, darüber eine helle Wolljacke. Von Sanftmut, mit Stärke gepaart, fühlt sich die Besucherin umfangen. Sie fühlt, mit welchen Kräften Heilende ehemals ausgestattet gewesen sein müssen. Heil und heilig hingen zusammen – Hildegard von Bingen ist das berühmteste Beispiel.

Das Anliegen des Besuches wird kurz erklärt, die Beschwerden werden aufgezählt, die Hoffnungen und Befürchtungen dargelegt. Dann heißt man sie, sich einfach einmal hinzustellen. Sie wird aufmerksam betrachtet von Kopf bis Fuß. »Das linke Bein ist kürzer als das rechte«, sagt die Nonne schließlich. »Wußten Sie das?«. Ja, sie hat es gewußt, schon lange, aber sie hat dieserhalb nichts unternommen, allenfalls einen Absatz erhöhen lassen, links. Dafür sei es nun zu spät, sagt die Nonne, das müsse man so lassen, höchstens mit Gymnastik könne man das ungleich belastete Rückgrat ein wenig unterstützen. Und sie macht eine Übung vor. Sie meint überhaupt, daß Übungen angezeigt seien in diesem Fall, sanfte, behutsame, langsame wie: auf den Sitzhöckern sitzend nach hinten gleiten und sich, Wirbel für Wirbel, wieder aufrichten; schaukeln, ein Bein über das andere gelegt: einen Tennisball unter der Fußsohle rollen lassen… Sie darf das lange probieren, das ist wohltätig.

Am Ende wird sie im Nebenzimmer auf eine Liege gebettet, ganz warme Hände nehmen die kalten Füße zu sich, was sie dann tun, ist schwer zu beschreiben: keine Massage, eher eine Liebkosung, eine entschiedene, aber weiche Berührung, von der sie wünscht, sie möchte nie aufhören.

Die Füße fühlen sich überaus wohl danach, das dauert den ganzen Tag. Aber am Abend stellt sich der alte Zustand wieder her, das Brennen, die Kälte, die Pressung unterm Eisenband. Trotzdem bleibt die Begegnung als ein heller und tröstlicher Augenblick in ihrem Bewußtsein. Sie wird sich kaum wiederholen lassen. Schwester Reintraud kann neue Patienten nicht mehr annehmen.

**

Dafür hat Frau H. viel Zeit, viel Aufmerksamkeit, und sie will nicht bezahlt werden. Sie macht es, weil es ihr Spaß macht. Das große Haus, in dem Vater, Sohn und Ehemann zu versorgen sind, der große Garten, den sie mit Steinen, mit Wasseranlagen, ruhenden und fließenden, in verschiedenen Ebenen phantasievoll angelegt hat, lassen ihr noch Raum für heilende Betätigung. Sie massiert die Fußsohlen nach der Lehre, daß dort jeder Punkt in Beziehung steht zu einem Körperteil, das Große sich spiegelbildlich wiederfindet im Kleinen. Die Behandlung strebt an, die erkrankten Zonen mit Hilfe kleinster Reize zu beleben; an den Füßen geschieht dies mit dem Druck der Fingerspitzen. Die Patientin liegt, in eine weiche Wolldecke gehüllt, auf einem Bett, nur ein nackter Fuß schaut heraus. Die Heilerin wärmt ihn zunächst mit streichenden Bewegungen, dann beginnt die Fingerarbeit. Wird der Druck als Schmerz empfunden, zeigt das eine Störung an: bei Augen oder Ohren, im Magen-Darm-Bereich, bei der Bauchspeicheldrüse, an den Nieren. Ähnlich wie bei den Versuchen mit

Magnetismus zeigt es sich, daß bei dieser Patientin vorwiegend Unordnung herrscht. Der Schmerz ist häufig, manchmal auch beträchtlich. Die Behandlung erscheint nicht als wohltätig – wenngleich das Prinzip, worauf sie beruht, einleuchtet. Sie weiß nicht, ob sie wiederkommen soll. Zwölf Behandlungen wären das mindeste, wenn man den Zustand der Wirbelsäule zum Besseren wenden wollte. Zwölf Behandlungen, das wären vier bis sechs Wochen. Kann sie sich noch soviel Zeit nehmen?

Frau H. heilt nicht nur über die Fußsohlen: auch mit Tees und Salben und Blütenessenzen. Auf dem Tisch im Wohnzimmer stehen zwei Kästchen mit Phiolen, die Auszüge aus achtunddreißig Pflanzen enthalten – gemäß der Blütentherapie des Edward Bach, eines englischen Arztes, Bakteriologen und Homöopathen. Er ordnete achtunddreißig von ihm bestimmten Menschentypen achtunddreißig Pflanzen zu, Blüten von Blumen und Bäumen. Wer die ihm zugesprochene Essenz zu sich nimmt, stärkt damit seine positiven Kräfte, baut die negativen ab. Auf den ersten Blick war die Besucherin geneigt, dies für Unsinn zu halten. Dann las sie die Beschreibung des Springkrauts, IMPATIENS NOLI TANGERE, und des dazugehörigen Typs – und fand darin eine verblüffende Charakterisierung ihres jüngeren Enkels. Später erfuhr sie in Gesprächen mit diesem und jenem, daß die Blütentherapie weithin bekannt ist und gute Heilerfolge bringt.

Wie alle Anhänger der Ganzheitsmedizin sah Bach in der Krankheit eine Botschaft, ein Signal ein Korrektiv, das auf Fehler hinweisen und vor Irrtümern bewahren soll. Was er anstrebte, war eine Reharmonisierung des

Bewußtseins von solchen Patienten, deren Lebensenergie entweder blockiert war oder in falschen Bahnen lief. Krankheit wurde hier als Folge disharmonischer seelischer Zustände gesehen, als Folge negativer Gefühlskonzepte und der Unfähigkeit, gegebene Möglichkeiten zu verwirklichen. Das muß zu Störungen, Reibungen, Stauungen, Verzerrungen führen. Elemente der Indianermedizin finden sich hier wieder, vor allem bei der Gewinnung der Essenzen, höchst diffizilen Vorgängen im Zusammenspiel der vier Elemente. Auch Edward Bach ist davon überzeugt, daß es gewisse Schwingungen sind, die über Krankheit und Gesundheit entscheiden; Schwingungen, die durch die allerfeinste Stofflichkeit von Blütenessenzen beeinflußt werden können – so weit, daß negative Gefühlskonzepte sich umpolen lassen, um positiven Energien den Weg frei zu machen. Das heißt nicht, daß der Schwache stark, der Feige mutig, der Unschlüssige zielstrebig, der Flatterhafte beständig werden könne, aber daß Stärke nicht unerbittlich über Leichen geht, Mut nicht in Tollkühnheit, Zielstrebigkeit und Beständigkeit nicht in Starre ausarten – das glaubt Bach bewirken zu können.

Falls sie für sich selbst eine heilende Essenz zu gebrauchen wünschte, wäre ein Gemisch aus Ulme und Wegwarte bekömmlich. Aber das erscheint ihr als eine recht vage Schätzung, zu ungenau, um sich darauf einzulassen. Auch hier müßte man über beträchtliche Zeit verfügen, müßte mit Geduld und Gelassenheit die zarten Öle, aus den Pflanzenleibern gezogen, ihre Wirkung tun lassen. Sie hat jetzt nicht diese Geduld. Das Messer droht. Wenn sie sich nicht beeilt, wird es sie einholen. Aber es beeindruckt sie, ein weiteres Mal den »Schwingungen« begegnet zu sein, von denen sie sich nun schon geheimnisvoll umkreist fühlt, umflossen von Wellenbändern, umspült von rhythmisch pulsierenden Schwebungen. Sie bekommt ein neues Gefühl ihrer Befindlichkeit im Raum, empfindet sich nicht mehr als eine Figur, die zielstrebig unterwegs ist, geradeaus, hingelenkt in eine Richtung, angstvoll oder mutig auf ein Ziel zu. Schwingend und schwebend mit den Schwingungen und Schwebungen, von denen sie umgeben ist, versucht sie zu fühlen, welche davon ihr wohlwollen.

***

Rasche Heilung, so hat sie gehört, wäre von Elisabeth K. in Rheinbach zu erfahren. Mit einigen wenigen Handgriffen könne diese einem eingeklemmten Nerv zur Freiheit verhelfen.

Sie schreibt eine Postkarte nach Rheinbach, die wird beantwortet mit Angabe der Sprechstunden: dreimal wöchentlich von 13 – 16 Uhr. Das klingt professionell und nach viel Kundschaft, jedenfalls nicht nach einer abseits lebenden Witwe, die hier und da schlimme Rücken sprüchemurmelnd und handauflegend heilt.

Die Beratung findet im Wohnzimmer statt, einem fast leeren Raum, ein Stuhl ist in der Mitte aufgestellt. Elisabeth K. ist eine ältere Bäuerin in der Schürze, die graufädigen Haare aufgesteckt, sie könnte gerade vom Melken kommen oder vom Schweinefüttern. Die Tochter hingegen, ihre Assistentin, ist modisch gekleidet in Hosen und Stiefel, vom Friseur frisiert.

Sie möge auf dem Stuhl Platz nehmen, wird sie gebeten.

Sie möge ihre Arme über der Brust verschränken. Die Tochter ergreift dann die Arme wie einen Bügel und versetzt damit die Patientin in eine sachte Schaukelbewegung. Währenddessen macht sich die Alte am Rücken zu schaffen, tastet hier und dort, sucht einen Druckpunkt zwischen Wirbelsäule und Hüfte, ruft: »Jetzt haben wir's! Jetzt hat es geknackt. Haben Sie's gespürt?« Sie hat nichts gespürt, sie kann das, auch aus Höflichkeit, nicht verschweigen.

»Vielleicht merken Sie die Besserung nicht sofort«, sagt Elisabeth, »vielleicht erst nach ein paar Tagen. Es kann auch sein, daß es zuerst noch schlimmer wird…« Und dann gibt sie einige Verhaltensregeln, Sitzen, Gehen, Bücken betreffend. Und nur ja keine Wärme, keine brennende Salbe auf Rücken, Bein oder Fuß. Franzbranntwein empfiehlt sie statt dessen – das entspricht akkurat dem, was die Patientin selbst empfindet.

»Wärme!« hatten alle geschrien, »Wärme!« Ungetüme von Wollhosen hatte sie daraufhin gekauft für viel Geld, Wollstrümpfe, deren Beine doppelt so lang waren wie ihre eigenen, Angora im Bett, grobgestrickte Schluffen tagsüber, dazu noch ein pelzgefütterter Fußsack. Alle Sparvorsätze in den Wind schlagend, war sie mit der Heizung verschwenderisch umgegangen, hatte gelegentlich auch das Schlafzimmer geheizt.

Alles falsch. Es sieht so aus, als folgten Elisabeth K.'s Empfehlungen dem Trend, Knochenleiden mit Kälte zu behandeln, man hört ja davon. Vielleicht versteht sie wirklich etwas von ihrem Hand-Werk, von der Mutter geerbt. Auf der Wartebank jedenfalls erzählten ein paar junge Männer Wunderdinge von ihren Heilungen, die, wenn auch nicht für dauernd, so doch für längere Fristen erfolgreich waren.

***

Ein Anruf von Brigitte – von weither und nach langer Zeit. Im Lauf des Gesprächs kommen die Knochenkalamitäten zur Sprache und was alles schon unternommen wurde, um deren Herr zu werden. Brigitte hört zu, fragt dies, fragt jenes, fragt schließlich:
»Willst du es einmal mit einer Geistheilung versuchen?«
Sie prallt zurück vor dem Wort. Sie mag es nicht, könnte aber nicht erklären, warum. Ist es ihr zu anspruchsvoll? Brigitte sagt, sie wisse jemanden, der so etwas macht. »Es ist eine Frau, sie wohnt in deiner Nähe. Sie hat mich von der Gürtelrose geheilt – ohne daß ich sie gesehen, mit ihr gesprochen hätte.«
Gegen diese Mitteilung empfindet sie Widerwillen. Das kommt aus dem dunklen Schwarzwald, aus der Graf-Dürckheim-Gegend. Sie weiß von den Erleuchtungen, die dort gesucht und gefunden werden. Der Graf und Frau H. haben inzwischen Schüler und Schüler-Schüler ausgesandt, damit sie Kunde gäben von den Pfaden östlicher Weisheit, die wir auf unseren Asphaltstraßen nicht mehr wahrzunehmen vermögen. Warum hat sie da Widerstände? Warum ist sie nicht bereit, auf diesen Pfaden ein Stück mitzugehen.
Sie schiebt ihre Skepsis beiseite und fragt, wie denn wohl die Heilung vor sich gehe. Sie müsse nur anrufen, sagt Brigitte, sich über das Telefon mit der anderen in

Verbindung setzen. Eines weiteren Kontaktes bedürfe es nicht.

Noch am selben Abend wählt sie die Nummer. Eine freundliche, klare und sanfte Stimme antwortet. Sie fragt nach den näheren Umständen der Krankheit. Sie vermeidet alle bedeutenden Worte, spielt herunter, was sie bewirken könne und schon bewirkt hat, sagt schließlich: »Sie müssen sich keine großartigen, vor allem keine spiritistischen Vorgänge irgendwelcher Art vorstellen. Ich bete einfach – und schließe in mein Gebet das Anliegen ein, das mir zugetragen wird. Das ist alles. Ich gebe es an die jenseitigen Freunde weiter. Wenn Sie mitbeten könnten, wäre das gut. Ich werde mich eine Viertelstunde zurückziehen. Dann könnten wir gemeinsam anfangen. Es braucht keine Kerze dabei zu brennen.«

Sie zündet aber doch eine Kerze an, den Rest der Osterkerze vom vergangenen Jahr. Sie legt sich auf den Boden und versucht, ihre Gedanken über die linke Schulter weg in die geographische Richtung zu lenken, wo sie die Beterin vermutet. Sie versucht, eine Verbindung herzustellen, zieht Linien, die von hier nach dort gehen, spannt Fäden, knüpft ein Band, läßt ihre Bitte über diese Fäden, dieses Band wandern.

Ein Gebet für sich selbst hat sie seit Jahrzehnten nicht mehr gesprochen. Es ist ihr anmaßend vorgekommen, für sich selbst um etwas zu bitten, was Millionen und Abermillionen von Menschen nicht gewährt wird: Verschonung vom Übel. Nun hat sie es zugelassen, daß ein anderer es für sie tut. Mit aller Kraft versucht sie zu glauben, daß es ihr Hilfe bringt.

Im Verlauf von einigen Tagen beginnen die Schmerzen,

sich zurückzuziehen. Aus dem Ober-, dem Unterschenkel, dem Fuß. Zwei, drei Nächte erquickender Schlaf. Mit einer Krücke geht sie fast mühelos viertelstundenlang. Dann kann sie die Krücke weglegen – wie der Lahme in der Bibel. Ohne Krücke geht sie bis zum Briefkasten, zum Bäcker, zur Bank.

Was blieb, sind die Lähmungserscheinungen an Zehe und Ferse. Darüber darf sie sich nicht hinwegtäuschen. Sie liest in einer wissenschaftlichen Zeitschrift über Operationen an der Bandscheibe. Daß sie riskant sind, oft nicht den gewünschten Erfolg bringen. Daß es eine besonders heimtückische Spielart des Vorfalls gibt, bei der eines Tages unvermutet Befreiung von Schmerzen eintritt – dafür aber die Gefahr der Lähmungen wächst, die eine Operation unerläßlich machen. Verhält es sich so in ihrem Fall?

***

Letzte Gewißheit kann sie nur in einer neurochirurgischen Klinik bekommen. Sie fährt nach M. mit der Bahn; mit dem Taxi zur »Leitstelle West«, Ebene 3, Zimmer 635. Auf der Ebene 3 wird sie bis vor die Glastür gefahren, geht dann vor in eine immense Halle, ausgestattet nach den Bedürfnissen der Kinder, die hier warten müssen, Spielzeug in übermäßigen Größen, ein Teppichboden in übermäßigem Grün. Ein Stockwerk höher einige Zellen, hinter deren Glaswänden die Anmeldungscomputer arbeiten.

Die Kabine, in die sie dann zur Untersuchung geführt wird, ist dürftig ausgestattet. Liege, Stuhl, Waschbekken. Das Gespräch findet im Stehen statt, es folgen die üblichen Handgriffe mit dem Hämmerchen, der Nadel, auf der Liege. Sie muß auf den Fersen, auf den Zehen gehen, sich seitlich vor- und rückwärts bücken. Auf die mitgebrachten Röntgenbilder wirft der Professor einen eher flüchtigen Blick, er ist ernst, wortkarg, nüchtern, wenig zugewandt. Aber er schreibt an seinen Kollegen in Bonn:

»...Da Frau St. nunmehr beschwerdefrei ist und unter der Parese der Tibilias anterior und des Extensor hallucis rechts relativ wenig leidet, und auch wegen des Alters der Patientin halte ich eine operative Maßnahme trotz nachgewiesenem Prolaps nicht für indiziert. Ich empfehle die Fortsetzung der konservativen Therapie.«

***

Unzählige Male während der Zeit der Bedrängnis hatte sie versucht, sich den Jubel vorzustellen, der einem solchen Bescheid folgen würde. Der Jubel kam nicht. Nicht am selben Tag, nicht am nächsten, nicht später. Wie wäre das, hatte sie sich gefragt: abends schlafen gehen ohne die Last der Angst, morgens aufwachen, befreit von der Aussicht auf lästige Unternehmungen in Nähe und Ferne, los und ledig der Fesseln, die sie im Gehäuse festgehalten hatten, in dieser Bruchbude, auf die kein Verlaß mehr war. Es sich wohl sein lassen. Sich etwas gönnen. Sich fallen lassen ins Angenehme. Eine Reise, ein Kuraufenthalt. Sich verwöhnen lassen von heilenden Händen, von Wasser, von Moor, von köstlicher Diät. Kein Jubel. Unter der Erleichterung über den

Ausgang der Sache hockte das Mißtrauen, ob's wohl so bliebe, hockte der Verdacht, die beglaubigte Heilung könne eine endgültige nicht sein, von Stabilität keine Rede. Jeder Schritt der eines Seiltänzers und der Sturz in neues Ungemach jederzeit zu erwarten.

Sie freute sich, sie war froh. Aber sie wagte kaum zu sagen, daß es ihr gut ginge, wenn sie gefragt wurde – weil der Zustand ja nur ein vorläufiger war, schon in der nächsten Stunde konnte alles wieder beim alten sein.

Sie geht, wie man es ihr empfohlen hat, mit kleinen Schritten, sitzt gerade auf geraden Stühlen, die Füße nebeneinander gestellt in geringem Abstand, die Hände auf den Oberschenkeln, entspannt. Sie bückt sich nicht seitlich, sondern immer nach vorne, vermeidet das Bükken überhaupt, ebenso das Tragen schwerer Gegenstände. Mit vorschriftsmäßigen Bewegungen verläßt sie das Bett, steigt ins Auto ein, sitzt vor dem Schreibtisch, auf einem Stuhl mit Rollen, der scheußlich aussieht, aber wohltätig gebaut ist. Sie trägt ungefüge Schuhe mit Einlagen und schluckt, mit äußerstem Widerwillen, Gelatine, täglich. Statt rasch, wie früher, ist sie nun bedächtig geworden, langsam, vorsichtig, traut sich nichts mehr zu als die täglichen Gänge, ein bißchen Radfahren – aber nur auf den glatteren Straßen, die Erschütterungen der Wirbelsäule, die ein unebener Waldweg mit sich bringt, die will sie denn doch nicht riskieren.

Vorsichtig. Vorsichtig. Man muß sich schonen – indem sie das Wort denkt, erinnert sie sich, wie oft sie früher hochmütig herabgeschaut hat auf die, die glaubten, sich schonen zu müssen. Aber es hilft nichts, widerwillig reiht sie sich ein in die Schar der ehemals Belächelten und spricht es brav und gehorsam aus, was sie früher allenfalls dachte, aber nie bekanntgab: es wird mir zuviel.

Zuviel die Post, das Telefon, die Einkäufe, der Haushalt, die Enkel, die Besuche der Freunde und die gelegentlichen Auftritte in einer Kirche, einer Schule, einer Gemeinde – vom Garten zu schweigen und den mühevollen Verrichtungen, die er beansprucht. Am liebsten sitzt sie, aufrecht, gerade, den Rücken bis zum Nacken an die Lehne gedrückt, und träumt vor sich hin, hört den Vögeln zu und sieht es wachsen, atmet, zwei Takte ein, drei Takte aus, jubelt nicht, ist aber glücklich, da zu sein, hier, nicht im Krankenhaus oder in einer Rehabilitation. Oder auch unglücklich manchmal, über diese Art von Leben, das sie nun führt, das langsam leerläuft wie ein leckgeschlagenes Faß, das den Konsum überhandnehmen läßt: vorm Fernseher, mit den Spielkarten, den Rätseln, der Lektüre, die sie vom Bücher-Bus allwöchentlich entleiht, gehobene oder auch platte Unterhaltungsromane. Die bedeutenden Angelegenheiten, mit denen sie noch bis vor kurzem befaßt war, verlieren sich in einer Art Dämmerung, entschwinden allmählich dem Bewußtsein.

Immer weniger an Inhalt faßt der miserable Kopf, deshalb liest sie auch keine Sachbücher mehr, deren Informationen durch die immer gröber werdenden Maschen des Gedächtnisses fallen. Aber sie leidet nicht. Sie richtet sich in der Dämmerung ein, in der Schwebe zwischen Tag und Dunkelheit, vorsichtig ihre Schritte setzend auf den Ort zu, der ihr bestimmt ist.

Vilma Sturm
Barfuss auf Asphalt

Vilma Sturm, deren Arbeiten drei Jahrzehnte lang regel-
mäßig in der *Frankfurter Allgemeinen Zeitung* erschienen,
gehört einer Generation an, die mehr als jede andere tief-
reichenden Umbrüchen ausgesetzt war. Ihr Leben, das sie
hier erzählt, ist von diesen Umbrüchen geprägt, doch
bewahrte sie eine innere Integrität davor, in dem ständi-
gen Wechsel sich selbst, ihre persönlichsten Wünsche
und Neigungen zu verlieren. Das macht den besonderen
Reiz und die individuelle Spannung dieser Biographie
aus.
Ein Lebensbericht, der von religiösem und politischem
Engagement, von menschlichen Beziehungen ebenso wie
von den Freuden des Wahrnehmens und Empfindens
geprägt ist.

Kiepenheuer & Witsch

Feindbild und Frieden

wir brauchen freunde
vielleicht haben wir sie schon
viele menschen lassen sich verlocken
zum frieden

Dorothee Sölle

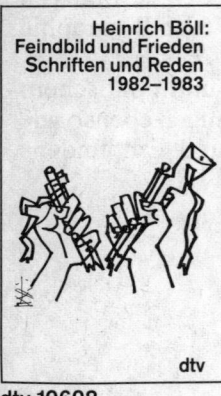

Heinrich Böll:
Feindbild und Frieden
Schriften und Reden
1982–1983

dtv

dtv 10608

Dorothee Sölle:
Ich will nicht
auf tausend Messern
gehen
Gedichte

dtv

dtv 10651

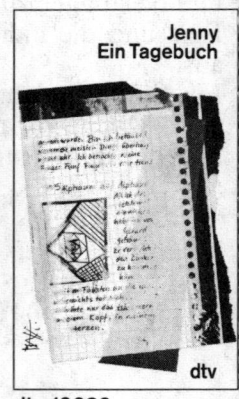

Jenny
Ein Tagebuch

dtv

dtv 10689

Oskar Maria Graf:
Wir sind Gefangene
Ein Bekenntnis

dtv

dtv 1612

Theodor Plievier:
Stalingrad
Roman

dtv

dtv 10555

Deine Söhne, Europa
Gedichte
deutscher
Kriegsgefangener

Herausgegeben von Hans Werner Richter

dtv

dtv 10399

Carl Friedrich von Weizsäcker im dtv

Carl Friedrich von Weizsäcker: Wege in der Gefahr

Eine Studie über Wirtschaft, Gesellschaft und Kriegsverhütung

dtv Sachbuch

dtv 1452

Carl F. v. Weizsäcker: Deutlichkeit

Beiträge zu politischen und religiösen Gegenwartsfragen

dtv

dtv 1687

Carl Friedrich von Weizsäcker: Wahrnehmung der Neuzeit

dtv

dtv 10498

Carl Friedrich von Weizsäcker: Die Einheit der Natur

dtv

dtv 10012

Carl Friedrich von Weizsäcker: Der bedrohte Friede

Politische Aufsätze 1945–1981

dtv

dtv 10182

Politik und Zeitgeschichte

dtv 10433

dtv 10382

dtv 10672

Arnulf Baring:
Im Anfang war Adenauer
dtv 10097

Gordon A. Craig:
Über die Deutschen
dtv 10408

Alfred Grosser:
Geschichte Deutsch-
lands seit 1945
dtv 1007
Das Bündnis
Versuchte Beein-
flussung
Zur Kritik und
Ermunterung der
Deutschen
dtv 10128
Der schmale Grat der
Freiheit
Eine neue Ethik für eine
neue Zeit?
dtv 10221

Robert Harris
Jeremy Paxman:
Eine höhere Form des
Tötens
Die unbekannte
Geschichte der B- und
C-Waffen
dtv 10372

Jahrbuch der Bundes-
republik Deutschland
1987/88
dtv 3288

Günter Gaus:
Wo Deutschland liegt
Eine Ortsbestimmung
dtv 10561

Jonathan Schell:
Das Schicksal der Erde
Gefahr und Folgen
eines Atomkriegs
dtv 10258

Wolf Jobst Siedler:
Weder Maas noch Meme
dtv 10383

Elke und Jannes Tashiro
Hiroshima – Menschen
nach dem Atomkrieg
dtv 10098

Carl Friedrich
von Weizsäcker:
Wege in der Gefahr
dtv 1452
Deutlichkeit
dtv 1687
Der bedrohte Friede
dtv 10182

Lew Kopelew
im dtv

Zum Thema Theologie

Karl Rahner:
Bilanz des Glaubens
dtv 10499

Dorothee Sölle:
Atheistisch an Gott
glauben. dtv 10213

Hans Küng:
Existiert Gott?
dtv 1628

Schalom Ben-Chorin:
Bruder Jesus
dtv 1253

»Sie werden lachen –
die Bibel«
dtv 10512

Werner Fischer:
Mutter Teresa
dtv 10444

dtv klassik
Literatur · Philosophie · Wissenschaft
Gesamtausgaben

ARIOST
Der rasende Roland
(Orlando furioso)
Gesamtausgabe in zwei
Bänden
Dünndruck-Ausgabe
dtv 5918

GEORG BÜCHNER
Werke und Briefe
nach der hist.-krit. Aus-
gabe v. W. R. Lehmann
mit Kommentaren zu
den Werken u. Briefen
dtv 2065

DES KNABEN
WUNDERHORN
Alte deutsche Lieder
gesammelt v. L. Achim
von Arnim und
Clemens Brentano
Dreibändige Gesamt-
ausgabe in Kassette
dtv 5939

STEFAN GEORGE
Werke
Ausgabe in vier Bänden
dtv 5940

GOETHES WERKE
Weimarer Ausgabe
143 Bänden
Hrsg. im Auftrage der
Großherzogin
Sophie von Sachsen
dtv 5946

FERDINAND
GREGOROVIUS
Geschichte
der Stadt Rom
im Mittelalter
Vom V. bis XVI. Jahr-
hundert
Vollständige Ausgabe
in 7 Bänden
dtv 5960

BRÜDER GRIMM
Kinder- und Haus-
märchen
Mit Illustrationen
Zweibändige Gesamt-
ausgabe in Kassette
dtv 5949

FRIEDRICH HEBBEL
Tagebücher
Vollständige Ausgabe
in drei Bänden
dtv 5947

HEINRICH VON KLEIST
Sämtliche Werke und
Briefe in zwei Bänden
Hrsg. u. komment.
v. H. Sembdner
dtv 5925

THEODOR MOMMSEN
Römische Geschichte
Vollständige Ausgabe
8 Bände in Kassette
dtv 5955

FRIEDRICH
NIETZSCHE
Sämtliche Werke
Kritische Studien-
ausgabe in 15 Dünn-
druck-Bänden
Gesamtausgabe
in Kassette
dtv/de Gruyter 5977

Sämtliche Briefe
Kritische Studien-
ausgabe in 8 Dünndruck-
Bänden
Gesamtausgabe
in Kassette
dtv/de Gruyter 5922

ARTHUR
SCHOPENHAUER
Der handschriftliche
Nachlaß in fünf Bänden
Vollständige Ausgabe in
sechs Teilbänden
dtv 5936

GEORG TRAKL
Das dichterische Werk
Hrsg. v. W. Killy u.
H. Szklenar
dtv 2163

Geschichten,
die das Leben schrieb
dtv großdruck

Lena Christ:
Lausdirndlgeschichten

dtv großdruck

dtv 2577

Marion Gräfin Dönhoff:
Namen
die keiner mehr nennt
Ostpreußen –
Menschen
und Geschichte

dtv großdruck

dtv 2572

Rudolf Hagelstange:
Der sächsische
Großvater

dtv großdruck

dtv 2553

**Siegfried Lenz:
Der Verlust
Roman**

dtv großdruck

dtv 2591

Carl Zuckmayer:
Auf einem Weg
im Frühling
Erzählung

dtv großdruck

dtv 2518

Carl Zuckmayer
Henndorfer Pastorale

dtv großdruck

dtv 2560